マンガでわかる日本文学

あんの秀子著
フリーハンドマンガ

Ⓘ池田書店

はじめに

作品との出会いを愉しんでもらいたい

本書では、明治、大正、昭和の時代に書かれた近代文学を中心に、四十余りの文学作品を紹介しています。近代文学とは（諸説ありますが）明治維新以降、文明開化から一九四五（昭和20）年の終戦までに生まれた文学作品のことです。本書で紹介している作品の中には、戦後からだいぶ時間の経ったものもあります。戦前と戦後両方の作品を取り上げた作家もいます。中学・高校の国語教科書に載っている作品も含め、いろいろなタイプの近代文学を知ってもらうために選びました。

マンガとあらすじで作品の内容をざっとつかんでもらい、そのあとの見開きで作品の読みへとご案内します（マンガのない作品もあります）。マンガは作品全体を説明するものではなく、作品を身近に感じてもらうための「つかみ」です。作品の中の言葉を多く引用しているもの、印象的な場面や特徴的な表現に集約したものなど、漫画家さんの作品に対する迫り方次第ですので、作品との出会いのひとつとして愉しんでもらいたいと思います。

どうして今、近代文学なのか

では、明治維新からほぼ百五十年が経った二十一世紀の今、どうして近代文学を読むのでしょう。

文学を通して生きるための教訓が得られるとか、処世術をみがくのに参考になるとか、そういったことが全くないとは言いません。しかし、それとは異なる面で「近代文学は役に立つ」と言いたいのです（もっと広く「文学は」と言っても構わないと思っています）。

生きることは難しい。文学はその難しさを多様に見せてくれます。出発点は愛、でしょうか。親からの愛だって完全ではありません。愛の分量も方向性も、ずれたり間違ったりします。あるいは異質な他者として前に立ちはだかる友達、でしょうか。これもまた、違いを認めて尊重し喜び合うなんて、どこかの標語みたいに実践することはなかなかできません。

困難な恋愛、大事な人との別れ、仕事選びの失敗、大病をするとか事故に遭うとか、さらには政治の動乱、経済難や自然災害……。生きていると順調でないことはたくさんあります。近代以前、たとえば江戸時代だと問題はあまり大きくなりませんでした。生まれ故郷を出る人はそう多くはなかったし、ほとんどの人は親の仕事を継げばよかった。何より諦めることが当たり前だった。しかし、明治維新以降の近代になって、科学技術や政治経済の発展による便利で安全な社会、自由や平等といった権利と引き換えに、私たちは個人という看板を背負うかたちで放り出され、思いもかけなかったような傷や痛みを抱えることになったのです。

理性がものを言うはずの社会であっても、先回りできず、因果関係で説明がつかないことのほうが実は多い。理不尽とか不条理とかいった語が被せられますが、人はそういったことに悩み、苦しんで時間を費やすものなのです。そして、人はそれが自分の身に起きてはじめてわかる。自分自身で経験し体得するしかない。

闘うのは最終的には「ひとり」です。とくに若い時代、思春期や青春期にはごまかしてしまわないで、「ひとり」をちゃんと過ごして本気で闘ってもらいたいのです。家や学校が仮にレールを敷いてくれたとしても、レールの上を行くのはあなた自身であって、脱線や衝突事故に遭っても自分で引き受けるしかありません。

作品そのものを「読む」ということ

文学は孤独な作業から立ち上がってくるものです。多くの文学者はどうやって世界とつながるかに苦心しています。生きづらいタイプであることもしばしば。ですから、良質な文学を読むことは、「ひとり」が大きな壁や地滑りにさらされた時の支えになるはずです。「ひとり」の心の奥からの叫びにもこたえてくれるはずです。

私は二十年近く中学生や高校生に国語を教えています。教師という立場で文学や他のジャンルの文章に親しんできました。あくまでも生活人として作品に触れ、日々生きていることの実感と重ねながら読むことを心がけています。さらに、作家が表現しようとした何かについて、作品そのものを「読む」ことで探っていきたいと考えます。無理に教訓を得ようとするのではなく、作家が作品につぎ込んだ「生き生きしたもの」を感じ取りたいと思うのです。

国語といえば、授業中、教科書に載っていた作家の顔写真に落書きをしていた人もいるでしょうね。夏目漱石は、目がやさしくて口ひげが立派な、いかにも文豪らしい写真がよく知られています。

なぜ今、夏目漱石の『こころ』なのか

夏目漱石の『こころ』が世に出て二〇一四年で百年が経ちましたが、今でも学校教育の教科書に載っています。中高校生を中心に読まれ続けてきたのはなぜでしょうか？　これには理由があります。『こころ』では、周到に張り巡らされた登場人物の心や関係性に、日本人の心性や社会のありよう、近代人の抱える問題があらわれています。これは、現代人の悩みともつながるのではないでしょうか。

すべての人に共通していながら、同じ「こころ」を持つことはなく、また一人においても同じ「こころ」でいることはない。教材として全国の高校生が『こころ』を読むのは、日本語の世界が、そして日本の文化や社会が、「こころ」を格別に意識し、重視していることを意味するのではないでしょうか。信仰といえるほどに「こころ」を注意深く見つめ、そこから自身や人との関わり方、人間というものを知り、個々の人生をつくるときの出発点にしようとしている。「こころ」は古くて新しく、日本人の社会や暮らしの根っこにある、といえるかもしれません。

本書では、この作品をスタートとして近代文学の世界へと案内します。第一章では漱石の『こころ』について私なりの読み方を示します。第二～九章では『こころ』から浮き彫りになる近代社会のテーマや、近代文学の共通項を提示し、テーマごとに四～七作品を選びました。読み方については、作品によって切り口や視点を変えています。というより、作品によって変わらざるをえないのです。この本で案内する作品以外のものを読むときにも、文学を愉しんだり深めたりするヒントにしていただけたらと思います。

友情と恋愛、家族、職業やお金、教育制度の問題も見えてきますし、都会と田舎といった近代らしい現象もあります。第九章には死生観という究極のテーマを据えました。その最後は、夏目漱石と並ぶ近代日本の文豪森鷗外の作品『高瀬舟』です。本の締めくくりは『こころ』から三十数年後に書かれた太宰治の『人間失格』です。なぜこの作品なのかについては第十章をお読みください。

では、近代文学の世界を存分に愉しんでください。

あんの秀子

目次

第三章 お金と仕事

たまらなくなった時雄は
芳子が使っていたままの
夜着に顔を埋め
泣いたのであった

第四章 宗教・倫理

私はどうしたら
いいんだ
自分の信仰を
守り続ける
べきなのか
それとも棄教して
信者たちを
救うべきなのか……

第五章　社会

第六章　暮らしと文化

第七章　ファンタジー、異世界

のしっ
はっ！
なにをするんだ！

第八章　推理と怪奇

男の持つ押絵には
ある秘密があった
これの話を
お聞きに
なりたいのでしょう

第九章　死生観

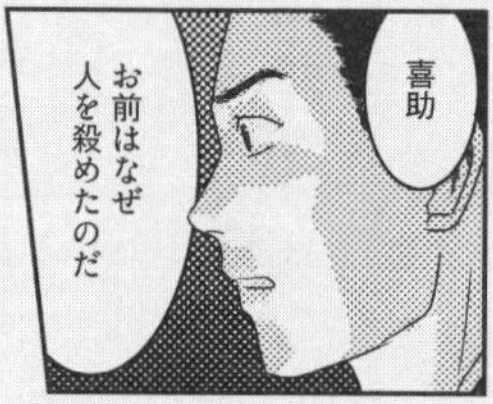

喜助
お前はなぜ人を殺めたのだ

第十章

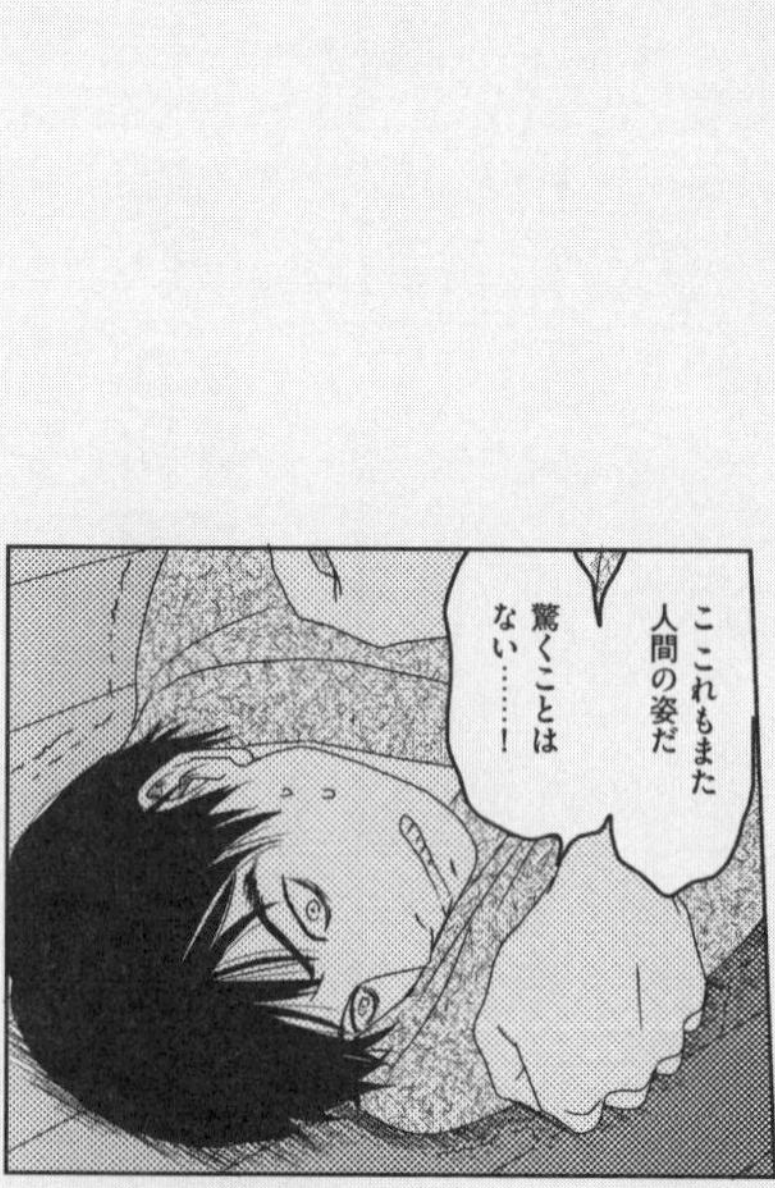

ここれもまた人間の姿だ
驚くことはない……！

本書の読み方

一 好きな作品から読む

まずは自分の好きな作品のページをめくってみてください。読んだことがある作品でもそうでない作品でもご自由に。

二 気になるカテゴリーを読む

本書では八つのカテゴリーに分けて作品を紹介しています。近代と今のしきたりや文化の違いを感じてみてください。

三 『こころ』とのつながりを考える

一章を読んで『こころ』とのつながりを考えながら各作品の解説を読んでみてください。近代文学の特徴が見えてきます。

四 実際に作品を読む

気になった作品はぜひ読んでみてください。巻末に作品の入手リストもあります。作者の息づかいを感じてください。

第一章

夏目漱石『こころ』を読む

一九一四年四月～八月朝日新聞に連載された。上・中・下の三部構成。最終章は全編が「先生」の遺書で、壮大なる引用といってもよい。「おれは策略で勝っても人間としては負けたのだ」と慨嘆する「私」の傍らで、Kは自殺してしまう。

しかし君、
恋は罪悪ですよ。
解（わか）っていますか。

登場人物

先生
大学時代、お嬢さんの家に下宿をしていた書生。過去に自らが犯した過ちを許せず、さみしく生活している。

奥さん（お嬢さん）
「先生」とKの下宿先の娘。明るくて優しい性格。後に「先生」の妻となる。本名は「静（しず）」。

K
「先生」の敬愛する同郷の親友。「先生」とお嬢さんの婚約を知り、超然とふるまっていたが、自殺してしまう。

私
父の危篤で帰省中に「先生」から長い手紙が届く。それは遺書だった。その遺書によって、先生の生涯が明らかになる。

1914年
（大正3）

こころ

三角関係が人と現実を動かす
変化し続ける「こころ」の動きを読む

夏目漱石
（なつめそうせき）

【あらすじ】

「先生」と親友のKは、ともに下宿先のお嬢さんに想いを寄せていた。だが「先生」は、Kに黙ってお嬢さんと婚約してしまう。一方のKは、失意のうちに自殺。「先生」は自分の過ちの大きさに苦悩し、ついには自らも命を絶つのであった。

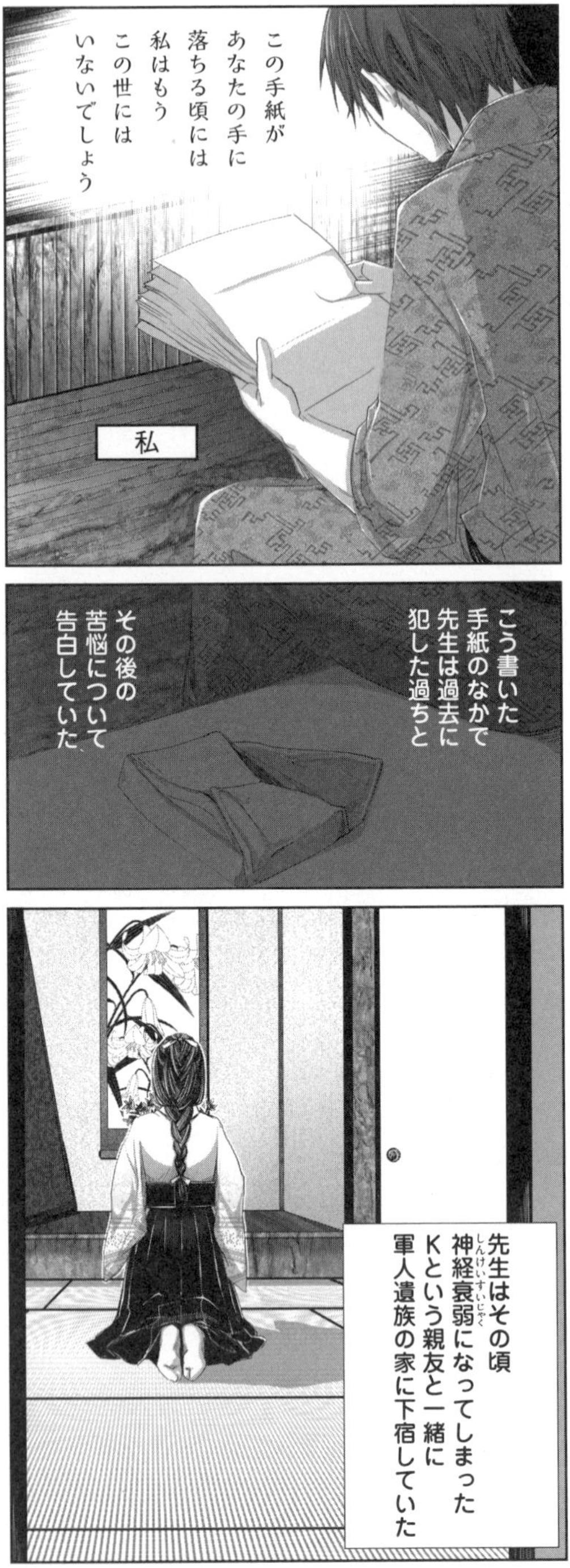

この手紙が
あなたの手に
落ちる頃には
私はもう
この世には
いないでしょう
私
こう書いた手紙のなかで先生は過去に犯した過ちと
その後の苦悩について告白していた
先生はその頃神経衰弱になってしまったKという親友と一緒に軍人遺族の家に下宿していた

あ・・・
これは……
先生
K
お嬢さん……
いま
お嬢さん
お花を活けていましたのよ
あ　いや
ありがとう……
ある日のこと
先生はKからお嬢さんに対する恋心を打ち明けられた
何だって……!
実は自分もお嬢さんのことが好きなのだと打ち明けるべきだろうか
それとも告白しない方が得策だろうか……
これはどうするべきだろうか……
結局先生はKに自分の想いを打ち明けることができなかった

Kは果断な男だ
このまま
お嬢さんに対して
まっすぐに
進んで行ってしまう
ハッ
だとすれば
決断が必要なの
ではないか……
Kよりも先に
しかもKの知らない
間に事を
運ばなければ……！
奥さん
お嬢さんを
私にください
わかりました
差し上げましょう
こうして先生は
Kより先に
お嬢さんとの
結婚の約束を
取り付けてしまった
それを知ったKは——

その後先生とお嬢さんは結婚した
私の知る限り先生と奥さんは仲の良い夫婦であった
だが実は
先生は自らの過ちにずっと苦悩していたのである
先生からの手紙はこう結ばれていた
私は妻には何にも知らせたくないのです私が死んだ後でも妻が生きている以上はあなた限りに打ち明けられた私の秘密として凡（すべ）てを腹の中にしまって置いて下さい

「こころ」が主役のへんな作品

夏目漱石は『こころ』に寄せて「人間の心を研究する者はこの小説を読め」と自筆の広告文を書きました。高校の国語の授業の教材として読まれるようになり、夏休みとか秋口になると、いくつかの出版社から出ている文庫本が毎年相当数売れると聞きます。文庫本の値段が高騰するご時世に、中ぐらいの厚さの『こころ』が四百円ほどで安定しているのも確実な売れ行きと関係があるようです。人間の心を研究することを、ワンコインで可能にしてくれるのが漱石といえるかもしれません。

夏目漱石は本の装幀（そうてい）に凝った人で、『こころ』でも本の箱の背や本体の表紙や中表紙に「心」「こゝろ」と表記に変化を持たせています。表紙は、まん中より上に中国の古書の一部を抜粋したデザインです。橙（だいだい）色の地色には古代の漢字が並んでいて、一字一字が人の動きのように見えてきて不思議な感じがします。「こころ」が人を動かしているのか、人の動きによって「こころ」が変えられるのか。「こころ」に演技をさせているみたいです。

人間の生き方を追求して言葉で表現しようとする文学は、心を科学するものでもあります。心は誰にとっても一生かけて研究せざるをえないものであり、一人一人が抱える心の謎はどこまでも深く続いていて、どんな人にも共通する問題です。多様な生き方ができるとされる現代ではなおのこと、その謎を解くための処方箋は見つかりにくいのです。究極の、ある意味で剥き出しの「こころ」という言葉を題にしたのはとても果敢なことですし、漱石に

自筆の広告文
『こころ』は朝日新聞に掲載されたところから始まった。新聞連載が始まったのは四月二十日で、最終回の八月十一日まで計百回に及んだ。その第一回の冒頭に作品名「心」、副題として「先生の遺書」として記されていた。

とっては心についての決定版だというぐらいの思いがあったでしょう。でもそれがまっとうであればあるほど私には、心が主役になった「へんな作品」だとも感じられるのです。

「こころ」を物理的なものとして扱う

「私はその人を常に先生と呼んでいた」。

これが『こころ』の冒頭です。書生だった「私」が、鎌倉で海水浴をしている「先生」と知り合って懇意になるのが『こころ』の最初の場面です。そもそもこの始まり方がへんだなあと思います。「先生」は「一人の西洋人」をつれているので目立っています。当時、海水浴は新しい風俗で、海岸や掛茶屋（今でいう海の家でしょう）には人が大勢来ています。避暑を終えて東京にもどった「私」は「先生」の家を訪ねるようになり交流が深まる。大学を卒業した「私」が郷里に帰り、「私」の父親が危篤になったその最後のところで「先生」から郵便物が届きます。最終章は全編がその手紙で、「先生」が「私」となって語りつづけます。

先生が地方の出身であること、父が亡くなり遺産の問題でもめたこと、姪と結婚するよう仕向けられたこと、郷里を棄てながらも一定の財産を確保したこと、東京で学問を修め、妻となる人と出会ったこと……。近代の「生きる困難と葛藤」がズラリ、ですね。

この章の後半で「私」の「こころ」は、恋愛をめぐる悲喜劇に向かっていきます。フットボールのフィールドやバレーボールのコートで恋愛印の「こころ」というボールが飛んだり転がったりするように、はっきりと目に見えるかたちで「こころ」が読めるのです。漱石は

「こころ」という言葉
「おもい」と比べると、内側に静的に沈み込むのではなく、物事に向かう活動的な気持ちを指し、意志、感情、風流心、知的な判断というように、内面から外界に働きかけることを包括的に表す言葉（大野晋ほか編『岩波古語辞典』より）。

スポーツ好きで器用にこなす人だったらしいですし、数学が得意で建築家になりたかったというのも有名な話ですから、「こころ」をあえて物理的なものとして扱う野心的な試みともいえます。終盤はいよいよシュールさが増していくようです。

『こころ』にみる三角関係

多くの国語教科書で取り上げているのは、最終章の「Kの自殺」にからむところです。授業では、変化しつづける「こころ」の動きを「読む」営みによって追うことになります。

「先生」の若い頃に「私」の下宿で起きたKの自殺は、「私」が「お嬢さん」の母に申し入れて、お嬢さんとの結婚を現実に進めたことによるものだろうと一応はみることができます。ただ、お嬢さんのことで絶望したとか「私」に裏切られたといったことをKは遺書で述べているわけではありません。Kは「私」に恋を打ち明けた時点で、自分の命を中断する覚悟をもっていたのかもしれません。お嬢さんにふさわしいのは「私」のほうだという、Kにはそんな現実的な認識もあったでしょう。

二人の男がお嬢さんを好きになり、いわゆる三角関係が生じてしまった。が、そもそも三角関係を明確に意識しているのは「私」のほうです。「私」もKもお嬢さんに直接恋を打ち明けてはおらず、お嬢さんは埒外におかれたまま。Kだって、「私」が抱くお嬢さんへの恋愛感情を知らされず、お嬢さんに対するKの思いを知っているのは「私」だけ。

自殺が教科書に堂々と出てくるのも気になりますけれど、妙齢の女性が二人の男と同じ家

Kの自殺
Kの自殺を発見した先生は、Kの遺書が気になっていた。文中でも「奥さんやお嬢さんの目に触れたら、どんなに軽蔑されるかもしれないという恐怖があった」と語っている。ところが遺書には先生に不都合なことは何も書いていなかったのである。

に住み、日常的に食卓をいっしょに囲むという関係も奇妙です。お嬢さんの母が人のこころの達人で、「私」が親友のKをこの下宿に住まわせたいと伝えたとき、Kの存在が「私」を刺激することを予測し、「私」と娘を結婚させるために半ば仕組んだようなことかもしれません。人物同士の関係でみると、「私」とお嬢さんとのあいだに引かれる一本の線だけでは不十分で、Kと「私」「お嬢さん」のあいだにも線が二本あらわれて不均衡が生じ、シーソーゲームが始まって、行動を引き起こすような関係性が動きはじめるのではないでしょうか。

クロード・レヴィ＝ストロースというフランスの構造人類学の学者が「親族の基本構造」ということを言っています。子と親の関係に親疎の二方向があってこそ成長ができる、と。親しみだけでも疎まれるだけでも駄目なのです。もし父と子の仲がよくないならば、母親の男兄弟（おじさん）という助っ人がいると良い。単線的な関係は脆弱（ぜいじゃく）ですから、親疎の二方向から異なる価値観を差し出されて、自己を発見し、成熟させていけるというのです。

私はここから「三角関係」が人と現実を動かす基本なのではないかと応用してみたくなります。男女間だけで起きることなのではありません。たとえば『坊っちゃん』では男たちの三角関係がいくつもあって、そのかしとか切り離しとか、ときには三角同士がぶつかって、その場にいる人たちを動かすエネルギーのもとになっているのです。

他人を傷つけることをすすんでやる人はそういません。倫理的であろうとすればするほど、関係性のほうに支配されてしまうのが人間なのではないでしょうか。

クロード・レヴィ＝ストロース
一九〇八年、ベルギー生まれの文化人類学者。著書に『悲しき熱帯』（中央公論新社）、『人種と歴史』『構造人類学』（以上みすず書房）などがある。彼の『親族の基本構造』は、二〇世紀の哲学・思想に衝撃を与えた。

相手を尊重するからこそ生まれる「こころ」のぶつかり合い

漱石の口癖だったのか、「片が付かない」「片付かない」とときおりつぶやいています。多くの文学が、自らの起こしたことであるにしても、外からの何らかの力によるにしても、「しまった！」という人生の危機を描きますが、Kも若者としての葛藤をいくつも抱えて煩悶していました。親族との関係の悪化、すなわち生活に直結する金銭の問題。大学での専攻をどうするかは職業の選択につながり、これまた生活のことになりますね。片付かないことばかり。いや、人生に真っ向勝負を挑んで、片付かないことをわざわざつくっている。加えて恋愛問題が生じてしまい、人生の危機を招く。

そんなKが「私」に恋心を告白するわけですが、それが「私」をお嬢さんへのほうに現実的に動かす。K自身は行動する機縁をかえって失ってしまった。心を先にあらわにしてしまうと、そのあとの行動がむしろ限定されるのかもしれません。「私」は、Kの対象がお嬢さんでなかったら祝福したのにと語っていることから、Kの告白は宣戦布告のようなものだったのです。「私」もKも同じぐらいの教養と人生の背景をもっていますから、まさに互角の闘いです。「私」の実力行使によってお嬢さんを失ったKは、ひじょうに静かに、しかしやり方は過激に、「私」のいる襖の向こうで死を遂げます。Kの自殺によって「私」は謝罪する機会も対象も失う。

人は死ぬとそこで「こころ」が終わってしまう。Kによる「私」に対する絶対的な拒絶で

片が付かない、片付かない
漱石は『道草』のなかで「世の中に片付くものなんてものは殆ど(ほとん)ありゃしない。一遍起ったことは何時までも続くのさ。」とも言っている。

「私」のいる襖の向こう
先生の部屋とKの部屋は、襖1枚隔てた部屋で生活していた。

すね。Kについての記憶を「私」だけが引き受けて、「私」の思いはKに届かない。生きている者と死んだ者は決して交わることはなく、対等になれないのです。

二人を和解させたい気持ちは読者のなかに起きるでしょう。お嬢さんと「私」の結婚生活を見守り、友情を分かち合い、Kは別の伴侶を見つけて……というのはどうでしょう。いや、Kはその場を去るのが現実的でしょうか。しかし、Kには行き場がない。もしその後を生きたとしてもKが経験する「こころ」は、「自分の死」に匹敵するような内的な自己の崩壊、それまでの人生の岐路からの寸断なのかもしれません。

一方で「私」は、お嬢さんと結婚しても幸せになれない。Kからの拒絶が永遠に続くのだから、人生に打ち込めない。生きながらの地獄を味わっていたのがその後の「先生」です。どちらも真剣で、相手を尊重しながら起きたことです。こういう人と人のぶつかりは、互いに殺して殺されるほどの「こころ」の闘いなのです。存在の奥のほうから何かが挑んでくるような凄みが感じられませんか。

作家プロフィール

夏目漱石（なつめそうせき）

一八六七（慶応3）年、江戸牛込馬場下（現在の東京都新宿区喜久井町）に生まれる。本名は金之助（きんのすけ）。少年時代から頭脳明晰だった。東京帝国大学を卒業後、英国に留学。帰国してからは英語教師として教鞭をとるが、退職する。その後、朝日新聞社に入社して小説家の道へ。傑作を次々と発表するも、『明暗』を執筆中に持病の胃潰瘍を悪化させ、未完のまま50歳で死去。

第二章 恋愛

明治時代になり、男女の出会いも近代化する。だが個人として純粋に向き合い、恋愛そして結婚へと至るプロセスはそう簡単に実践できることではなかった。さまざまな制約が作品にも現れる。それにしても、どうしてこれほど無性に読みたくなるのだろう。

1890年（明治23）

舞姫（まいひめ）

異国に残した恋人と人知れぬ恨み
エリート官僚の後悔は一生続くのか

森鷗外（もりおうがい）

【あらすじ】

太田豊太郎は、留学先のドイツで踊子のエリスと質素ながらも平穏な生活を送っていた。そんな折、友人の上司に才能を認められ、帰国の誘いを受ける。悩んだ豊太郎だったが、出世の道を選び、エリスを置いて日本に帰るのであった。

厳格な家庭に育ち某省のエリート官僚となった太田豊太郎は
コト
入省後に留学したドイツ・ベルリンで貧しい家庭に育った踊子エリスと恋に落ちた
その後豊太郎は官僚の職を失ったが友人相澤の計らいで新聞社の通信員の職を得て貧しくも温かい暮らしを送っていた
ありがとう

だが
学識もあり
才能もある君が
いつまで少女の情に
とらわれているんだ
相沢(あいざわ)　謙吉(けんきち)
だが いまの僕には
エリスの愛が……
君は恋をしているのではない
ただの惰性(だせい)だ！
その後 豊太郎は
相澤の上司の
天方大臣(あまかただいじん)に
才能を認められ
日本に帰国
することになった
それを知ったエリスは
あああああ
豊太郎さんは私を
裏切った……!!
突然の不幸に
精神が錯乱
してしまった
それでも豊太郎は
生計に困らぬよう
金銭を置いて日本に帰ったのである

嗚呼(ああ)、相澤謙吉が如(ごと)き良友は
世にまた得がたかるべし。
されど我脳裡(わがのうり)に一点の
彼を憎むこころ今日までも残れりけり

心に深く刻まれた後悔の念を読み解く

主人公太田豊太郎は、日本に向かう船がサイゴンに寄港したところで訥々(とつとつ)と語りはじめます。希望に満ちあふれて官命によりドイツへ留学したのが五年前、今はあのときのような意気揚々とした自分ではなく、同行の人々からも離れて船室にこもりがちです。

主人公をそうさせるものは何なのでしょう。第四段落に「人知らぬ恨(うらみ)」とあり、それが心の奥に翳(かげ)りとなってとどまり、彼自身を占有し、ことあるごとに浮かんできては彼を悩ませているのです。

『舞姫』について、エリート官僚が立身出世のためにドイツ人の踊

【作家紹介】

森(もり)鷗外(おうがい)

本名は林太郎(りんたろう)。一八六二（文久2）年、津和野藩（現在の島根県津和野町）の藩医の長男として生まれる。東京大学医学部を卒業後、ドイツ留学を経て陸軍省の軍医となる。日清・日露戦争にも従軍し、軍医のトップである医務局長にまで昇進した。それと並行して、訳詩集『於母影(おもかげ)』の発表や雑誌『しがらみ草紙』の刊行など文学活動を展開。『舞姫』は、鷗外が留学中の体験を下敷きにして執筆したものだ。

鷗外の初期の文学活動は評論や翻訳が多かったが、陸軍大将・乃木希典(のぎまれすけ)の殉死に影響を受けた『興津弥五右衛門(おきつやごえもん)の遺書』を機に歴史小説に転じ、『阿部一族』『山椒大夫』『高瀬舟』などの傑作を残した。鷗外の歴史小説の特徴は、武士社会の「意志」を描きつつ、現実にかかわる倫理的問題を追及していることにある。

子エリスを捨てて日本に帰ってくる話、などと手っ取り早く言ってしまうことがあります。森鷗外の分身と思われる主人公の最終的な身の処し方は、たしかにそのようにとれます。けれど、異国での刹那的な恋は破綻したとか、青春の一ページとはこのようなものですねといったことだけで、小説がこれほど長く読まれるのでしょうか。主人公の心に深く彫りつけられた「人知らぬ恨（うらみ）」が物語を書かせたということを、私はここであらためて確認したいのです。取り返しのつかなさに胸を苛まれ、慟哭を伴うような遺恨、悔恨。

「明治廿一（にじゅういち）年の冬は来にけり」で物語は大きく転じます。エリスに妊娠のきざしがあり、ほぼ同じ頃、太田は相澤に呼ばれて天方大臣（あまかただいじん）に会い、翻訳の仕事をする。社会的な信用回復のチャンスをつくった相澤に対して、エリスとの交わりを断つと太田は約束します。

　太田の歩むことになった人生からは、エリスの存在が都合よく除かれたかに見えます。しかしエリスはかえって読者の心に入り込んでくるように思われます。ドイツでの恋を成就させていたら、その後の作家森鷗外は存在しなかったでしょう。帰国した鷗外はある意味で、一度死んだ、のです。現世に戻った鷗外が「エリスを抱いた太田豊太郎」を葬ることができたのかどうか……それは、わかりません。

【登場人物】

太田豊太郎（おおたとよたろう）
元エリート官僚。ドイツでエリスと暮らしていたが、出世のために単身帰国。

エリス
貧しい家庭に育った踊子。豊太郎が帰国することを知り精神が錯乱してしまう。

相澤謙吉（あいざわけんきち）
太田の友人。豊太郎とエリスとの関係を「恋ではなく惰性だ」と批判した。

【豆知識】エリスのモデル

二〇一三（平成25）年、エリスのモデルだと思われる女性の写真が見つかり話題になった。女性の名はエリーゼ・マリー・カロリーネ・ヴィーゲルト。エリーゼは現在のポーランドで生まれ、ベルリンの下町を転々とした。20代前半のときに鷗外と出会い、別れたあとユダヤ人男性と結婚。86歳のときに亡くなったという。

1887年
（明治20）

浮雲（うきぐも）

どこまでも融通のきかない男が陥った
意地とプライドのはなし

二葉亭四迷
（ふたばていしめい）

内海文三は15のときに叔父の家族である園田家に引き取られ
某省に入省後もともに暮らしていた
ちら
そこでいとこのお勢と出会い特別な感情を抱くようになった
お勢
そんな折文三は免職になってしまう
だから言ったじゃないか
課長さんのところへご機嫌伺いに行きなさいって
それを人の機嫌をとるのは嫌だとか我が儘なことを言って
あぁもう言うまい
何を言っても無駄だ！
く…悔しい……

【あらすじ】

内海文三は、15歳のときに園田家に引き取られ、いとこのお勢に想いを寄せながら暮らしていた。だが勤めていた某省を、突然免職に。このことで叔母や元同僚に馬鹿にされる文三だったが、お勢のいる園田家を出ようとはしなかった。

もうこのまま家を出ようか……
だが
この家にはお勢がいる……
しかしこの頃からお勢の心は文三から離れていく
あるとき文三のもとに復職の話が舞い込んだ
このあいだ免職になった者のうち二、三人が復職できるそうだ
本田昇
お前が望むなら力を貸してやってもいいがどうだ
ん？
なんと恩着せがましい言い方……
それは有り難いが……
用はそれだけかね……
お…お勢……
おれがこの畜生に辱められているというのに悔しい顔もしない……
叔母のお政に嫌みを言われ想いを寄せるお勢の心は離れ
園田家に出入りするようになった元同僚には馬鹿にされた文三
だがそれでも文三は園田家から離れなかった
なぜそんな想いまでして
文三はお勢のいる園田家にこだわったのだろうか——？

しかし私にゃア貴嬢（あなた）と親友の交際は到底出来ない

近代文学の走りはここにあり！

声を大にして言います。『浮雲』はめちゃくちゃ面白い。実は私、近代文学史のスタートとしてただ「掲げられたもの」と見なして、きちんと読まずに過ごしていました。主人公内海文三（うつみぶんぞう）のこだわりや屈託が、他人の動きや会話、世間に反応して刻一刻と変化する。その心の声は通俗性と孤高のあいだを行ったり来たり。全体のトーンは、文明開化と古典趣味、西洋かぶれと漢語の混合体。講談調で江戸を抜けきっていないという見方もあるようですが、二葉亭がどのようにして話し言葉を用いた心理を表現し得たのかはもっと議論されていいと思います。その存在も作品も、徐々に進化した結果ではなく、何段も抜かすような急激な飛躍に見えます。

明治はじめのインテリゲンチャ（知識人）の「生態」が一貫して描

【作家紹介】

二葉亭（ふたばてい）四迷（しめい）

一八六四（文久4）年生まれ。外交官を目指していたが、ロシア文学の影響を受け、文学の道に進む。一八八六（明治19）年、坪内逍遙（つぼうちしょうよう）のすすめで『小説総論』を、翌年に逍遙の名義で言文一致体の『浮雲』を発表。父親の退職による生計の不安や自身の才能に限界を感じたことから一時は筆を折るが、後年に執筆を再開し、『其面影（そのおもかげ）』『平凡』などの傑作を著す。またツルゲーネフの『あひゞき』『めぐりあひ』を翻訳するなど、日本近代文学の先駆者として大きな足跡を残した。

本名は長谷川辰之助（はせがわたつのすけ）。ペンネームは、文学に理解のない父親から「くたばってしまえ」と突き放されたことに由来するという話が一般に流布しているがこれは俗説で、処女作『浮雲』に対する卑下、とりわけ坪内逍遙の名を借りて出版したことに対する自身への罵倒である。

かれます。何を考え、どんなことを大切にし、どんなふうに悩んだか。主人公は叔父の家の二階に下宿します。娘のお勢（英語を学ぶ新しいタイプの女性）がいる。内海は彼女を美しいと思う。身内の関係から男女の視点に変わって、精神の純粋さや理想を求めるようになる。そこに要領よく生きる処世のシンボル、本田昇というライバルが登場し、ちょくちょく訪ねてくる。『こころ』を思い出しませんか。母娘と若い男が一つ屋根の下に住んでいて、同年代で教養の程度も近い男がもう一人現れて……。『浮雲』では内海の方が免職になり、本田が課長にお追従をしたりして上手くやる点など逆ですが。

お勢ってじゃじゃ馬なんです。『こころ』のお嬢さんよりもずっとキャラが立ち、生き生きとしていると私は思います。二人の男性と丁々発止、媚びたり戯れたり。実際の二葉亭は、進取の気性に富んだ彼に似合う女性には出会えなかったのかなという気がしますけど。

この作品は未完成です。読まれて評判も呼んだのに応えられなかった。翻訳にしても大陸行きにしても先陣を切ってやった二葉亭の宿命かもしれません。実験というか、体当たりというか、孤軍奮闘し、中途で断絶する。二葉亭は「自分の必要」に従って生きた人なのですね。

【登場人物】

内海文三
学問には長けているが要領が悪い。叔父夫婦の娘であるお勢に想いを寄せる。

お勢
学問や遊芸ともに優秀。文三の元同僚である本田に好意を寄せるようになる。

本田昇
文三の要領の悪さをあざ笑う。お勢に気のある様子はあるものの本心は不明。

【豆知識】ロシア文学と二葉亭

二葉亭はロシア人教師から文学を教わった。原文でどんどん読まされたそうで、それが教材だった。通っていた外国語学校が商業学校に吸収されることになったとき、二葉亭はそれに憤って退学した一人。結局ロシア語を身につけたのも独学に近かっただろう。

1895年（明治28）

たけくらべ

特異な世界で育った少年少女の初恋と成長を描く切ない物語

樋口一葉（ひぐちいちよう）

【あらすじ】

吉原の大黒屋に住む美登利と龍華寺の息子の信如は、互いに想いを寄せていた。だが、美登利が店に出ることが決まってしまう。そんなある日、美登利の部屋の格子に花が差し入れられていた。美登利は、信如がくれたものだと直感した。

活発で愛嬌のある
美登利と
龍華寺の息子で
内気な信如
二人はお互いに
好意を寄せていた
だが まだ幼く
いたずらに
想いを募らせて
いくだけだった
そんな二人を
つらい運命が
引き裂こうと
していた
※妓楼で働く両親の子として
楼主に可愛がられていた
美登利が 女郎として
店に出る日が近づいたのである
美登利が日ごとに
元気をなくしていた
ある日のこと
!
こんなところに
いったい
誰が……
この翌日
龍華寺の子として
生まれた信如は
僧侶の学校に入り
出家したという

※妓楼…遊女をおき、客を遊ばせることを業とする店。

針箱の引出しから友仙(ゆうぜん)ちりめんの切れ端を
つかみ出し、庭下駄(にわげた)はくも鈍(もど)かしきように、
馳(は)せ出でて縁先(えんさき)の洋傘(こうもり)さすより早く、
庭石の上を伝うて急ぎ足に来たりぬ

いとおしい時間を、情緒豊かな文体で描く

人生があとどのくらいなのかを知ることができたとしたら。残り時間をカウントしながら身辺整理をするだけかもしれません。それにしても、わずか24歳で生涯を閉じた樋口一葉の最後の二年といったら、奇跡的としかいいようがありません。ひたすら書き続けてもなお、この年月では難しいのではないかと思える豊穣(ほうじょう)さです。

くめども尽きぬ泉から言葉があふれて連なって、また次の連なりが押し出されてきてと、ある種の波動がそのまま文章になっていく。そうして本の奥からわき上がってきた言葉を受けとめているう

【作家紹介】

樋口一葉(ひぐちいちよう)

一八七二（明治5）年東京生まれで、本名は奈津(なつ)。学問好きだった父の影響を受けてか、一葉も少女時代から読書好きで文才に長(た)けていたという。14歳で女流歌人・中島歌子の私塾「萩の舎(はぎのや)」に入門。父が事業に失敗して多額の負債を抱えたまま死去したため、一葉は一人で家計を支えることを余儀なくされていたが、萩の舎の姉弟子である三宅花圃(みやけかほ)の成功を知り、女流作家として執筆活動で生計を立てることを志す。小説家の半井桃水(なからいとうすい)に師事し、自らが体験した貧困生活をもとにした『大つごもり』のほか、『たけくらべ』『にごりえ』『十三夜』などの傑作を発表する。

こうして我が国初の女流職業作家となった一葉だが、経済的に恵まれることは最後までなく、肺結核で24歳の短い生涯を閉じた。

ちに、ページから離れられなくなってしまいます。そのたびに私は、「からだが読む」という感覚をおぼえるのです。

一葉の文体は雅俗折衷体（がぞくせっちゅうたい）と呼ばれ、雅文（文語体、古語）と俗語（口語体、話し言葉）が混ざったものです。江戸時代までは書き言葉と話し言葉が一致していませんでした。新しい時代にそれはふさわしくないと、書き言葉を話し言葉に近づけること（言文一致）が表現・言論分野の課題とされ、明治20年から30年代は移行期にあたるのです。ただ一葉の場合は、世に打って出るためという以上に、自分の書きたい世界に合う文体だったのだと思われます。読解が困難であっても、現代語に置き換えたりしないで読んでください。

『たけくらべ』は、推敲（すいこう）を重ねた一葉畢生（ひっせい）の作品です。構成も見事で、吉原に近い下町で思春期をおくる少年少女たちのドラマが流れるように巧みに展開します。雨の日に下駄の鼻緒が切れて難儀する信如に、美登利が見かねて※友仙（ゆうぜん）の裂れ（き）を投げる場面は何度読んでもかなしい。信如はそれを受け取りませんが、一瞬のうちに二人はふれあってしまった。後戻りもできなければ進むこともできないのですけれど、最後の場面で、水仙によって彼女はいっとき慰められるかのように見えます。

【登場人物】

美登利（みどり）
紀州生まれ。信如に想いを寄せていたが女郎になる運命のために叶わなかった。

信如（しんにょ）
龍華寺の息子。美登利には気持ちを打ち明けることなく出家した。

【豆知識】男女どちらからも好かれた一葉

男女どちらからも好かれる、明るくて愛嬌のある女性だったようだ。男性性と女性性両方を持ち合わせている人といってもいい。人間を見る目が中性的と感じられるのは、一家のあるじとしての自覚もあったからだろうか。彼女は日記も残していて、日記のファンも多く、その人柄にも惹かれる人は多い。

※友仙の裂れ…針箱の引き出しから取り出した友仙ちりめんの切れ端。

1910年
（明治43）

刺青（しせい）

美しさを極限まで追い求めた 自然主義への挑戦状

谷崎潤一郎（たにざきじゅんいちろう）

い
痛てぇっ
ふふっ……
刺青師 清吉（せいきち）
良いうめき声を出すじゃねぇか
だが願わくばとびきりの女の背中に……!!
そんな想いを抱いてから四年目の夏のこと
いなり
繊細な指の整い方
薄紅色の貝にも劣らぬ爪の色合い
珠のような踵の丸み
清らかな水が絶えず足の下を洗うかとも思われる潤沢な皮膚……
この足を持つ女こそ
長年おれが探し求めた女のなかの女……!!

【あらすじ】

浮世絵師から堕落した刺青師の清吉の宿願は、光輝ある美女の肌に己の魂を彫り込むことだった。数年後、理想通りの潤沢な肌を持つ女に出会い、刺青を彫る機会を得た。清吉は、念願通り、全身全霊を込めて女に刺青を彫るのだった。

だが 清吉が
この女に
刺青を彫ったのは
さらに一年あとの
ことだった
その背中に
彫り付けたのは
女郎蜘蛛の刺青で
あった
刺青のなかに
おれの魂を打ち込んだ
もうお前にまさる
女はいねぇ
男という男は
皆 お前の肥やしに
なるのだ
お前さん
真っ先に私の
肥やしに
なったんだねぇ

「美しい者こそ強い」谷崎の思想を味わう

江戸だなあと思わせる時代と場所を設定しているのだけれど、ちっとも現実味を感じさせなくて、天上世界にでもありそうな、この小説以外のどこにもない「時」と「場」に、読者は連れていかれてしまいます。冒頭から読者は魔法にかけられたようなものです。

第一段落で小説の拠って立つ価値観が示されます。「すべて美しい者は強者であり、醜い者は弱者であった」。ここまではっきり言っていいものかとの思いがよぎりますが、耽美主義と評されるタニザキ作品だから当然の主張だろうと考えます。が、彼がおかれた時代の状況もあります。当時の文壇は、「醜い者」のほうを追求し、実生活を告白するのが好きな「自然主義」陣営が勢いづいていました。谷崎はいわば抵抗勢力なのです。美の横溢した世界に込められた文学の姿勢は戦闘的といえます。筆致にもそれがあらわれています。これでもかと美的に飾りたてた言葉を念入りに文章に仕込み、読んでいるとそれが妙にまとわりついてきます。挑戦状、ですね。

その価値観の表明に続くのが「誰も彼も挙って美しからむと努めた揚句は、天稟の体へ絵の具を注ぎ込む迄になった」。そして、い

【作家紹介】

谷崎潤一郎

一八八六（明治19）年、東京・日本橋生まれ。東京帝国大学国文科に進学するが、月謝未納のため論旨退学となる。在学中から創作活動を始め、同人雑誌『新思潮』（第二次）の創刊に参画。本項の『刺青』は、『誕生』『麒麟』などとともに同誌上で発表されたもの。これが永井荷風に絶賛され、文壇での地位を確立した。

当初は海外の作家の影響が見られる西欧的なスタイルを好み、「耽美主義」「悪魔主義」などといわれる過剰なまでの官能的女性美を追求する作風であった。しかし、関東大震災をきっかけに関西に移住すると次第に純日本的な伝統美を物語化する作風に転じ、『春琴抄』『細雪』『少将滋幹の母』など、美しい文体からなる古典的作品を著した。『源氏物語』の現代語訳にも取り組んでいる。

よいよ登場するのが若くて腕利きの刺青師清吉。その心に潜む「人知らぬ快楽と宿願」。それっていったい何だろうという好奇心をかき立てられ、私たちは読みすすむことになります。

宿願とは、「光輝ある美女の肌を得て、それへ己れの魂を刺り込む事であった」。すると、四年目の夏のある夕方、深川の料理屋の前を通りかかると、門口で待つ駕籠の簾の陰から「真っ白な女の素足のこぼれて居る」のを見る。待ちに待った「この足を持つ女」に対する憧れが「激しい恋」に高じていき、翌年の春になったある朝、その女性が使いの者として清吉のもとに現れるのです。このあとの展開のなまめかしさといったら……。ちなみにマンガでは刺青の女郎蜘蛛はあえて描かないことにしました。想像してみてください。

ある教科書会社の副読本には以前『刺青』が入れられていたのですが、改訂版ではずされてしまいました。『刺青』は女子校では喜ばれるのだけれど、男子校や共学校では扱いにくいといった事情があるそうです。男性作家の書いたものを男子に読ませにくい、共学校の教室でも難しいとは。まあ、国語の教材としてふさわしいかどうかの議論は他に譲りましょう。

私ですか？　あっぱれタニザキと言いますよ。

【登場人物】

清吉

若い腕利きの刺青師。元浮世絵師。心を惹きつける肌と骨格を持つ者でなければ、仕事を引き受けないことがある。

女

駕籠の簾の陰からこぼれる真っ白な素足が偶然清吉の目に留まり、刺青を彫られることとなる。

【豆知識】耽美主義と悪魔主義

初期の谷崎潤一郎は、耽美主義の一派とされた。耽美主義とは、美しさを最上の価値とする立場のこと。十九世紀後半のフランスやイギリスを中心に興り、日本に伝わった。また、耽美主義が極端に進んだ立場として、怪奇や恐怖、醜悪などに美を見出そうとする悪魔主義がある。『刺青』にはその影響が強く見られる。

1919年（大正8）

或る女

自由奔放に生きた
新時代の女性の生き方

有島武郎（ありしまたけお）

【あらすじ】

早月葉子は、誰もが振り返る美貌の持ち主。男性を弄び、数々の浮名を流していた。だが、倉地と人の道に外れる関係になったことで社会的制裁を受け、体調を崩してしまう。そして、惨めな最期を迎えるのだった。

ヒロイン早月葉子は有島か?

ズバリ私は言いたい。作品のヒロイン早月葉子は有島武郎である、と。男女のちがいはあります。男を求めて奔放な生き方をする葉子（日本の近代文学屈指といえます）を造型するのに、有島は女性のもつ性的なエネルギーとヒステリーとの関連を調べたらしいですが、衝動的で神経過敏な激情体質の彼女の、自分で自分の行き場をなくすような感じがどうもアリシマなんですよ。書生の古藤という男も気になります。アメリカ行きの船の切符を買いに横浜に行くのに葉子の付き人か何かのようにしていて、船への見送りはもちろ

【作家紹介】

有島武郎（ありしまたけお）

一八七八（明治11）年、東京・小石川で旧薩摩藩士の子として生まれる。札幌農学校（現在の北海道大学）に進学し、内村鑑三（うちむらかんぞう）の影響でキリスト教に入信する。米国留学、欧州歴訪を経て、武者小路実篤（むしゃのこうじさねあつ）、志賀直哉（しがなおや）らと文芸雑誌『白樺』を創刊し、執筆活動をスタート。武者小路、志

ん、葉子のかげのようにつきまとう存在。婚約者の木村を行き止まりにして、落ち着きなさいという手紙を書いたりする。古藤は有島自身だという説もあります。ちなみに有島は、日本の近代文学者の中では美男子の横綱だと思います。

ほかにもこの作品はモデルと目される人が多い。※葉子＝佐々城信子、木部＝国木田独歩、木村＝森広（有島の農学校時代の友人）、内田＝内村鑑三、五十川＝矢嶋楫子、田川＝鳩山和夫といった具合。

気になるといえば最初の列車の場面、別れた木部（独歩）と偶然乗り合わせ、改札口で彼が側を通ります。そのときに何ともいえない気持ちを覚える。「二人の眼はもう一度しみじみと出遇った」。この感じを彼女はどこまで引きずっていったのだろうと私は思います。どこかで納得がいっていない。頭でわかっても、という言い方がありますが、まさにそれで、未成熟で激しいままで、思いを互いに伝え合うことができなかった。その後の彼女の恋愛遍歴の危うさに、大きく影響しているのではないでしょうか。有島は妻に先立たれ、三人の子を育てていました。立派な家庭人でありながら、愛の追求者としての本性を心中という極端なかたちで示したことを思わずにはいられません。

賀と並ぶ白樺派の中心人物として活躍した。本項の『或る女』のほか、代表作に『カインの末裔』『生れ出づる悩み』などがある。

キリスト教徒で、また社会主義の影響もあって自身が経営する農場を貧しい人に開放するなどしていたが、良心の呵責に耐えられず人妻と軽井沢で心中を遂げた。

【登場人物】

早月 葉子

自由奔放な女性。19歳で木部と結婚するが、わずか二ヶ月で破局。その後、倉地と不倫する。

木部 孤笻

日清戦争に記者として従軍した男性。その才能が脚光を浴びる。国木田独歩がモデルか。

※葉子に誘惑される古藤は有島武郎自身であり、葉子の婚約者木村は有島の札幌農学校時代の友人森広であるという。内村鑑三は、キリスト教思想家の文学者で、矢島楫子は社会実業家、鳩山和夫は政治家として知られている。

1920年
（大正9）

真珠夫人（しんじゅふじん）

妖婦・瑠璃子の波瀾万丈な人生を描いた
ドラマ仕立てのモダン小説

菊池寛（きくちかん）

瑠璃子は直也という恋人がありながら欲深の成金である荘田と結婚せざるを得なかった
その後、その荘田が亡くなると瑠璃子はたぐいまれな美貌と知性で男を翻弄する〝妖婦〟に姿を変えた
あるとき、青木稔という青年が手玉に取られた
瑠璃子さん僕と結婚してくれませんか
……大変お気の毒ですが
あなたのお申し出に応じることはできませんわ

【あらすじ】

瑠璃子は、美しい美貌で男たちを手玉に取っていた。だがある日、青木という青年の求婚を断った結果、恨みを買い刺されてしまった。息絶えた瑠璃子の肌襦袢には、かつて恋人だった直也の写真が縫い付けてあった。

あなたはあらゆる手段と甘言で僕を誘惑しておきながら恐ろしい侮辱で僕をつき返した!
この恨みはきっと晴らします!
その後 青木は 自分の実兄まで瑠璃子に弄ばれた末に自殺したのだと知った
そしてついに瑠璃子を刺した
キキィ
この報せは かつての恋人であった直也にも伝えられた
瑠璃さん! 僕です!!
直也さん……!
そして瑠璃子はこと切れた
瑠璃子が棺に納められたあと事件の日に身につけていた肌襦袢にあるものが縫い付けられているのが見つかった
学生時代の直也の写真だった

圧倒的な存在感を放つ主人公

殺傷沙汰(さっしょうざた)あり、陰謀ありのめくるめく展開。極端な設定に半ば呆れたり、ここでこうくるかと驚いたり。つい人に筋を語りたくなります。かなり長いですが、理路整然(りろせいぜん)といいますか、構成がドラマ仕立てで人物の状況や心情をスパッとわかりやすく伝えていく。簡潔でキレのよい文体は、絡みついてくるような「けれん」「てらい」がなく、読者は物語にスムーズに入れます。ドロドロした人間模様を描いていても健全で、この件は、この人物は、という総括的な解説もときどき挟まれるから、読解に頭をひねる必要もありません。

「三菱」に勤務する信一郎は新婚で、急性肺炎のために湯河原(ゆがわら)で療養する妻を迎えにいくところです。「日が経つにつれて、埋もれていた宝玉のように、だんだん現われて来る彼女のいろいろな美質……」とあり、女性が宝石にたとえられます。題名とつながりますね。主人公瑠璃子が若い男性たちに贈った「白金(プラチナ)の時計」なども合わせると、作品全体に「光りもの」がちりばめられている。

信一郎は妻を思い、その顎を「軽く撫してやりたくて、仕様(しよう)がなくなって来た」などという。「撫」には「パット」とルビがしてあり

【作家紹介】

菊池(きくち) 寛(かん)

本名は同じだが「ひろし」と読む。一八八八(明治21)年、香川県高松市生まれ。京都帝国大学英文科を卒業後、第一高等学校の同窓生だった芥川龍之介(あくたがわりゅうのすけ)や久米正雄(くめまさお)らと同人誌『新思潮』(第三・四次)の創刊に参加し、同誌上で戯曲『屋上の狂人』『父帰る』を発表して文壇デビュー。その後は小説に転じ、『恩讐の彼方に(おんしゅうのかなたに)』『藤十郎の恋』などの主題を明確にした「テーマ小説」を執筆して作家としての地位を築くが、本項の『真珠夫人』のような通俗小説も書いている。英国の作家ウィーダの児童文学『フランダースの犬』の翻訳も手がけた。

このほか、文芸雑誌『文藝春秋』を創刊し、芥川賞および直木賞を創設して多くの新人作家を世に送り出した功績は計り知れない。日本文藝家協会の初代会長も務めた。

ます。サラリーマンと主婦という男女のありかたは近代的なものですし、大正時代のモダンな風俗を描くのも読者サービスですね。

彼が山道で事故に遭い、そこから瑠璃子を中心とした世界へ手際よく筆が運ばれます。成金の荘田勝平(そうだしょうへい)と結婚した瑠璃子はまもなく未亡人になり、青年たちを集めてサロンの女王として君臨。信一郎もまたサロンに誘われ翻弄されます。そこで小説について論じるくだりがあり、二十年前に書かれた尾崎紅葉(おざきこうよう)の『金色夜叉(こんじきやしゃ)』を評価する。通俗小説だからといって芸術性に乏しいわけではないと語っていまして、これは菊池寛の小説に対する姿勢を示しています。『真珠夫人』とは『金色夜叉』の銀行家富山が身に付けているダイヤモンドを意識していたのではないでしょうか。『金色夜叉』の大正版がこの作品なのです。白濁した奥深い輝きをもつ真珠が純潔を表し、「妖婦」とされる瑠璃子が実は初恋の相手直也を思い続けている。お宮と比べると断然新しい生き方をする女性で、恋についても迷いがない。瑠璃子はラストで直也に見守られて亡くなるのですが、直也の印象はとても薄いです。なぜ瑠璃子はこう振る舞うのかという、見えないことに対する疑問が仮に湧いてきても、描写される彼女の言動自体の圧倒的な存在感のほうに心を奪われるのです。

【登場人物】

唐澤(からさわ)　瑠璃子(るりこ)

唐澤男爵の娘。杉野直也と結婚の約束をしていたが叶わなかった。

杉野(すぎの)　直也(なおや)

杉野子爵の息子。金に物を言わせた荘田という成金に瑠璃子を奪われた。

青木(あおき)　稔(みのる)

日本のプロレタリア文学の作家である。福岡県京都郡豊津村出身。

【豆知識】徹底して「男」を貫いた菊池

菊池寛は徹底して「男」を貫いた人物といえる。多くの作家を見出し、文藝春秋社を創設し実業家として成功したことなど、その人生で男性的な役回りを多くこなした。そんな彼の作品からは、大正から昭和に向かっていく頃の中流階級の出現にかなった、社会悪や女性蔑視にも挑もうとする健全な市民志向の視点がある。

1908年（明治41）

田舎で育ったエリートが
都会の波にのまれて成長していく

三四郎（さんしろう）

夏目漱石（なつめそうせき）

【あらすじ】

小川三四郎は、上京するときに乗った汽車のなかで出会った広田先生に美禰子を紹介され恋をする。一度は距離を縮めかけるが、美禰子は煮え切らない態度を取り続ける。そして、結局は自分の兄の友人と結婚してしまう。

【作家紹介】

夏目（なつめ）漱石（そうせき）

本項の『三四郎』は、『それから』『門』へと続く漱石の「前期三部作」の一つとされる。これらは主に恋愛をテーマとし、倫理観や人生観を説いたものだ。この頃の漱石を中心とする文学界の一派は、現実に対して一定の距離を置く心の余裕を唱えていたことから「余裕派」とも呼ばれる。

三四郎の人格を形成するもの

冒頭から読ませてくれます。さすが漱石先生。

熊本の高等学校を卒業した小川三四郎は汽車に乗っている。これから東京の大学に入学します。当時は九月が新学期。高等学校の帽子を被っていてエリートですから誇らしさが見え隠れします。難関校に通う人が聞かれて言いにくそうにして、結局言いますよね。そんな感じ。『坊っちゃん』とちがい、息子に期待するお母さんがいます。全編を通して三四郎の言動と思考や感情を追い、外界の人や物事に反応させ、言葉を構築していく。汽車の揺れと意識の流れが合うのでしょうか。

汽車は名古屋止まり、その晩は名古屋の宿屋に泊まることになる。汽車で出会った女がついてきてそこで夫婦みたいに扱われる。夫は大連に出稼ぎ、女は子供を預けている親元へ向かうところ。宿屋の下女はめんどうくさそうに一つの蒲団を用意する。すると、女とのあいだにシーツをぐるぐる丸めて仕切りをつくるんです、三四郎は。

翌朝駅へ。女から「あなたはよっぽど度胸のないかたですね」と言われる。汽車に乗り、持っていたベーコンの論文集の二十三頁を開いて「昨夜のおさらい」をします。「二十三年の弱点が一度に露見したような心持ち」だったという。そこに「先生」みたいな人が登場し、水蜜桃を一緒に食べる。例の女の言葉から三四郎の性格や状態が照らし出されます。と同時に、それによって影響をうける三四郎がいて、ああオレはこんなだと認識し、その後に彼が動いていく方向性のもとにもなるのです。あんたダメねと言われたようなもので、それが彼の意識下に潜り込みます。

波状に次から次へと意識が連鎖しながら想起するありようについて、漱石はウィリアム・ジェームズという人（作家ヘンリー・ジェームズのお兄さん）の心理学の影響なども受けているようです。


のちに漱石は伊豆の修善寺に滞在中、胃潰瘍を悪化させて長期療養を余儀なくされる（俗に「修善寺の大患」と呼ばれる）。これがきっかけとなり、「後期三部作」とされる『彼岸過迄』『行人』『こころ』などのように、人間のエゴイズムを追求する作風に転じていく。

【登場人物】

小川三四郎
熊本から上京してきた大学生。美禰子に恋をするが消極的。美禰子本人にも「度胸がない」と言われてしまう。

里見美禰子
物語のヒロイン。美貌と知性を兼ね備えた都会の女性。三四郎に対する心情ははっきりしない。

【豆知識】近代文学の重要モチーフ

本作や有島武郎の『或る女』や泉鏡花の『高野聖』、内田百閒の『阿房列車』など、「汽車」がストーリーの機縁になる作品が多い。「汽車」は近代文学には外せない重要なモチーフなのだ。

第三章 お金と仕事

恋愛と並ぶ、近代文学の大きなテーマといえるのが経済の問題である。人生を束縛する身分制度から解放されて仕事を選ぶ自由を得た人びとは、かえって混乱しているようだ。その点、『坊っちゃん』は教員を潔くやめてしまうから、なかなかのものだ。

1897年
（明治30）

金色夜叉（こんじきやしゃ）

金の切れ目が縁の切れ目？鬼気迫る、フラれた男の復讐劇

尾崎紅葉
（おざきこうよう）

【あらすじ】

間貫一と鴨沢宮は許婚であった。だが、資産家の御曹司である富山唯継との縁談話が持ち上がると、宮は貫一との婚約を破棄し結婚してしまう。貫一は、愛よりも富を選んだ宮に恨みを抱き、金色の夜叉のようになっていく……。

両親を亡くし父の恩人の鴨沢隆三に引き取られた間貫一は
その娘の宮と結婚することになっていた
あぁ 寒くて たまらないから そのなかに 入れておくれ
え？
もう 貫一さんったら 人に見られてしまうわ

だが 宮は銀行家の御曹司に
見初められ
貫一から心が離れていった
お前は私の跡継ぎに違いないが
娘は富山に譲ることにしてくれ
それでもあきらめきれない貫一は
湯治のために熱海に行っていた
宮のもとを訪れた
あぁ 宮さん
二人でいっしょにいるのも
今夜が最後なんだね
一月十七日……
来年のこの日を
よく覚えておいてくれ
来年　再来年　十年後の今月今夜
一生を通して僕は忘れない
死んでも忘れないよ！
来年の今月今夜
月が曇ったら それはどこかで
僕が泣いていると思ってくれ！
この後 貫一は姿を消した
そして 物語はさらに
ドラマティックな展開を
見せるのである

一生を通して僕は今月今夜を忘れん、
忘れるものか、
死んでも僕は忘れんよ！

お金だけでは幸せになれないことを学ぶ

『新続金色夜叉』まであって、文庫で五百ページ以上のボリューム。でも安心してください。貫一が宮を突き放すあの有名シーンは「前編」です。熱海の場面のあとも間貫一と鴫沢宮のやり取りは長く、宮もなかなか理屈っぽい。

貫一と宮は同居しています。宮の父が貫一の父親に世話になった縁で貫一を引き取って、一人前にさせていずれは二人を結婚させようというんです。男女のあいだで恋愛が起きる出会いの設定でしょうか。インテリ層の妙齢の男女が隣の席で学んだり職場で恋愛したりということがまだないのです。かるた会で宮を見初めた富山という男は「金剛石」で象徴されます。シャンパンや黒ビールやビリヤー

【作家紹介】

尾崎紅葉

一八六七（慶応3）年、江戸芝中門前町（現在の東京都港区浜松町）生まれ。山田美妙、石橋思案らと近代最初の小説結社「硯友社」を結成、その機関誌として『我楽多文庫』を創刊して注目される。『二人比丘尼色懺悔』で文壇デビュー。読売新聞社に入社後は同紙に活躍の場を移す。初期は井原西鶴の影響を受け、会話を口語体、地の文は文語文で綴る雅俗折衷の文体による『伽羅枕』『三人妻』などを著すが、後期は写実主義や言文一致体を特徴とする作風に転じ、『多情多恨』などを発表した。代表作である本項の『金色夜叉』も読売新聞で連載されたものだが、紅葉が胃癌により36歳の若さで死去したため未完のままである。

泉鏡花、徳田秋声をはじめ、門下生から多くの作家が輩出したことでも知られる。

ド、新しい文化や風俗も積極的に取り入れています。

富山が出現するまでは貫一は理想の婿でした。見目もよく、学問をつけることで社会的な力を得られる。時代ですね。宮の父は、彼女を富山に嫁がせることになってから、貫一には留学でもさせてめんどうを見ようと言うのですが、彼はそんな援助はいらないと家出して高利貸（アイスは当時の隠語。氷菓子の語呂あわせ）になってしまった。ライバルの富山と変わらないですよね。なぜ学問で見返そうとしないのか。お金と絡ませたかったのでしょうか。

別れてから四年目に二人はすれちがい、封印されていた宮の貫一への思いが募る。こんな結婚をすべきでなかった、貫一の存在が大事だと気づきます。人って大事なものを失ってから気づくのでしょう。でも貫一はとことん冷たいです。あの時点で終わっていると、宮からの手紙も読みません。

最後のあたりで貫一は富山が愛人にしようとした女性を救い、財力で好きな男と一緒にさせます。浄化したお金の使い方なのでしょうか。そして、病いに倒れた宮の手紙で終わる。が、ひとすじの恋を執拗に追っているはずが見えてこない。全体として人物たちが動いていくのではなく、動かされている感が強いです。

【登場人物】

間貫一（はざま かんいち）

鴫沢家の娘である宮と許婚になるが、資産家の御曹司に奪われる。

鴫沢宮（しぎさわ みや）

貫一の許婚であったが、資産家の御曹司との縁談話が持ち上がり、結婚する。

富山唯継（とみやま ただつぐ）

資産家の御曹司。宮と結婚するが、次第に夫婦仲が悪くなる。

【豆知識】笑える場面のある金色夜叉

貫一に近寄る赤樫満枝（あかがしみつえ）という女性がいる。別れて五年目に宮が貫一の家にやってきて、そこに満枝も訪ねて鉢合わせになる（『続金色夜叉』）。やりとりがとても笑えるのだ。そのあと貫一は女たちが刃傷沙汰におよぶ夢にうなされるが、そこはコワ面白い。会話も生き生きとはずんでいて、展開も伏線もドラマとしてはなかなかのもの。

1898年
（明治31）

不如帰（ほととぎす）

明治時代に根づくお家問題と女性の悲劇
当時の不条理を描いた人気作品

徳冨蘆花（とくとみろか）

【あらすじ】

浪子は夫で海軍少尉の武男とともに、幸せな新婚生活を送っていた。だが、あるとき浪子は結核を発症。すると姑のお慶が、二人を離縁させてしまう。浪子は絶望し、容体が悪化。苦しみながら息を引き取るのであった。

浪子と武男は新婚夫婦だった
海軍少尉の武男は遠洋航海に出ることも多かったが 幸せな結婚生活を送っていた
だが その幸せは長くは続かなかった
浪子は 結核を患ってしまったのである
ごほ
ごほ

さらに 武男の航海中に姑から一方的に離縁を言い渡されてしまった
離縁……
あぁ…… 先方からそう連絡があった……
そんな…… そんな……!!
浪子の病が離縁の理由だった
それから しばらく後のこと
あ あなた……!
浪さん……!
二人は並んで停車した列車ごしに偶然再会した
だが すぐに列車は動きだし再び引き離されてしまった
浪子はこう言い残して息を引き取った
あぁ つらい……!
私はもう女になんか生まれはしません……!!

一たび帰れば彼女はすでに
わが家の妻ならず、
二たび帰りし今日はすでにこの世の人ならず。

時代を色濃く映したメロドラマ

二時間ぐらいの正統派メロドラマにするのにちょうどいい！　人物の役回りの配置、個性の度合い、目論みや腹の探り合いが適度にわかりやすく、現代の感覚としては物足りないかもしれませんが、私はむしろ新鮮かなと思います。なんといったって、結核になったお嫁さんを、その夫である息子が深く愛していることを知りながら、そして嫁としてもかわいいと思わないではない姑が、息子が仕事で出張しているときに離縁させて実家に帰してしまうんです。いかにも旧時代的でひどい仕打ちですよね。でも、夫に先立たれ、家を維持せねばならないお姑さんにも大義名分があり、周囲で彼女をそそのかす人たちにも、それぞれに必死さがあって憎めない。蘆花はあ

【作家紹介】

徳冨蘆花

一八六八（明治元）年、肥後国（現在の熊本県）生まれ。ジャーナリストの徳富蘇峰は兄。同志社大学在学中にキリスト教の洗礼を受け布教活動に従事するが、失恋のため中退。兄・蘇峰が興した「民友社」に入社し、同社が発行する「国民新聞」に連載した『不如帰』がベストセラーとなる。続いて『自然と人生』『思出の記』などを発表して文壇での地位を確立するが、国家主義的な傾向を強める蘇峰とは次第に不仲になっていく。『黒潮』の序文に「告別の辞」として自身の人道主義の立場と兄との決別を宣言し、以後は絶縁状態となる。

晩年にエルサレムへ巡礼の旅に出て、ロシアの文豪トルストイも訪問。帰国後は千歳村粕谷（現在の東京都世田谷区粕谷）に転居して半農生活を送った。兄と和解した直後、59歳で死去。

る婦人から聞いた実話をもとにしていると語っていて、敵役でも単なる悪役にしないところに、腹の据わった姿勢が感じられます。

物語は二人のハネムーンのような伊香保の旅から始まります。浪子は実母を結核で亡くしていて、英国帰りのモダンな継母がいる。父親はいい人だけれどこの後妻に何かと遠慮をしている。また二人の結婚を喜ぶ人ばかりではないことが、最初のほうで明かされます。浪子に失恋した千々岩（ちぢわ）、武男に恋しているお豊（とよ）がそうですね。

女が「嫁」でなければならなかった時代。人間像と彼ら彼女らの関係はかなりデフォルメされているものの、今もないことではないという気がします。とくに近いものに対する執着心や嫉妬心、他人がいいと思っているものや誰かに取られたものがよけいに欲しくなるという欲望の方向性がよく描かれています。結婚はそれを覆い隠す装置なのですが、結核という病気によって再び欲望が顔を出し、ヒーローとヒロインの愛が試される。息子を嫁にとられたという意味では姑、娘を婚家にとられたという意味では嫁に出した実家の父親も、息子と嫁、娘と婿にどのように向き合うかが新たな生き方の問題として提示されるのです。ヒーローの父とヒロインの実母がいない設定も、それを純粋に追求させる要因となっています。

【登場人物】

川島浪子（かわしまなみこ）
内気で病弱な女性。純粋に武男を愛している。結核を患い運命が変わる。

川島武男（かわしまたけお）
浪子の夫。離縁に失望するが、海軍少尉として日清戦争の前線へたびたび赴く。

お慶（けい）
武男が遠洋航海に出ている間に、結核にかかった浪子との離縁を勝手に決める。

【豆知識】自然主義を先んじた『不如帰』

『真珠夫人』は型破りな大正ロマンだ。一方で、『不如帰』は極めつけの悲劇。そして人間の属性や性格、何が葛藤なのかの肉付けが確かで、自然主義に先んじている。蘆花の兄である徳富蘇峰は歴史家で政治にもかかわっている人だったが、その影響もあったのだろうか。本作の日清戦争に関わる描写はリアルである。

1907年（明治40）

蒲団（ふとん）

日本文学史に残るラスト
中年男の赤裸々な告白

田山花袋（たやまかたい）

【あらすじ】

作家の竹中時雄は、弟子の芳子に恋情を抱いていた。だが、芳子が学生の田中と恋に落ち仲が深くなってくると、嫉妬心から芳子を故郷に帰してしまう。芳子のいない生活は侘びしかった。時雄は芳子の夜着に顔を埋め泣くのであった。

竹中時雄は妻子ある身でありながら自らの家に住まわせていた弟子の横山芳子に密かに恋情を抱いていた
竹中時雄
華やかな声 艶やかな姿……
なんという美しさだ……
横山芳子

だが芳子は帰省した際に田中という学生と恋に落ちてしまった
私たちは、決して汚れた行為はしていません！

大切なものを奪われたような感覚――
時雄は妬みと惜しみ、悔みに悶えた
く、悔しい……
とはいえ、そんな気持ちを弟子に悟られてはならない
時雄は、表面上は「温情ある保護者」として振る舞うようになった
しかし、それにもすぐに限界がきた
芳子と田中の仲が深くなっていることを知った時雄は二人の仲を引き裂くため芳子を故郷に帰してしまったのである
時雄の生活はさらに侘しくなった
たまらなくなった時雄は芳子が使っていたままの夜着に顔を埋め泣いたのであった

これで自分と彼女との関係は一段落を告げた。三十六にもなって、子供も三人あって、あんなことを考えたかと思うと、馬鹿々々しくなる。

露骨な描写で描くのは恋のかけがえなさか

発表当時、私生活の告白としてセンセーショナルに取り上げられました。自然主義のその後の方向性を決定づけた作品でもあります。女弟子が用いていた夜着（掛蒲団）の匂いを嗅ぐと、「冷めたい汚れた天鵞絨（びろうど）の襟に顔を埋めて泣いた。薄暗い一室、戸外には風が吹暴（ふきあ）れていた」。日本の文学史で最も有名な締めくくりです。

主人公の作家・竹中時雄が、19歳で小説家志望の「ハイカラの女」横山芳子から弟子入りを希望する手紙を受け取るのが発端です。

三人目の子供が間もなく生まれる夫婦のあいだには倦怠が漂っている。このオジサンは30代半ばです。今ならイクメンであれ、と子育てに駆り立てられたり、独りが楽しいと趣味にのめり込んだり、

【作家紹介】

田山花袋（たやまかたい）

一八七一（明治4）年、群馬県館林生まれ。6歳のときに父親が西南戦争で戦死したため、書店に丁稚（でっち）奉公などをして独学を続けた苦労人である。尾崎紅葉（おざきこうよう）の門下となり、彼の指示により江見水蔭（えみすいいん）の指導で小説を書き始める。のちに国木田独歩（くにきだどっぽ）や島崎藤村（しまざきとうそん）と知り合い、彼らとともに詩集『抒情詩（じょじょうし）』を刊行。主情的・浪漫的な詩や短編を書いていたが、フランスで興った文学理論である自然主義の影響を受け、客観的描写を重んじた『重右衛門（じゅうえもん）の最後』を、次いで『蒲団』を発表。日本における自然主義文学の旗手として、文壇で確固たる地位を確立した。

その後も、代表作の一つ『田舎教師』や三部作『生』『妻』『縁』などの長編、『一兵卒の銃殺』をはじめとした短編など、数々の作品を精力的に発表し続けた。

週末婚とやらで一応パートナーがいたり（通い婚の復活とは違うようですね）する年代でしょう。竹中は作家としてのプライドだけは人並み以上にもち、世間を気にしていて分別くさく、そのくせロマンスを求めている。が、それは身を挺して、というほどではない。

やがて彼女に恋人ができます。時雄は「わが愛するものを奪われた」と、嫉妬とも憤りともつかぬ思いに煩悶します。その観念的かつ妄想的な思い入れは、感情を高らかにうたおうとする浪漫主義のお家芸のようです。これを竹中に起きた「事実」として客観的に克明に追い、たんたんと描き込むあたりは自然主義らしさでしょうか。

竹中が二人を引き離す行動に出るのは、男が文学者になりたいと同じ土俵に踏み込んでくるときです。手紙を書いて父親を呼んで彼女が郷里に戻るよう仕向ける。ずるい感じもしますね。でも、私はこの作品が嫌いではありません。ふれそうでふれられなかった関係だからこそ思いは募るのでしょうけれど、恋のかけがえのなさが見いだせるかどうか、読んでみてほしいのです。中年男のナルシシズムにとどまっているような……。

彼女が恋人をつくってのめり込むのは、煮え切らないオジサンに対する何らかのメッセージでもあるのかなあと思います。

【登場人物】

竹中時雄（たけなかときお）
作家。弟子の芳子に恋情を寄せ、芳子に恋人ができると嫉妬心に苛まれる。

横山芳子（よこやまよしこ）
備中新見町から、時雄の門下生になるために上京。その後、田中と恋に落ちる。

田中秀夫（たなかひでお）
芳子を追って、京都から上京。時雄に二人の仲を認めてほしいと訴える。

【豆知識】ジャーナリスト田山花袋

田山花袋は『温泉めぐり』という温泉ガイドを書いている。晩年はルポルタージュも手がけており、街ガイドをよく書いた。『蒲団』の冒頭も、東京案内から始まる。そういう人物が書く作品だからなのか、状況の説明も非常に上手。本作でも女学生のハイカラさ、当時の風俗がよく伝わってくる。

1906年（明治39）

坊っちゃん

無鉄砲な「坊っちゃん」の教師生活
娯楽小説の中で漱石の生い立ちを見る

夏目漱石（なつめそうせき）

【あらすじ】

「おれ」は四国の中学校に教師として赴任した。そこには個性的な教師たちと生意気な生徒たちがおり、理不尽な仕打ちと闘う日々が始まった。そしてついに、教頭のあまりに卑怯な行動に、文字通り鉄槌を下し退職するのであった。

物理学校を卒業した「おれ」は四国の中学校に教師として赴任した
そこには
赤シャツ 山嵐 うらなり 野だいこという個性的な教師たちと生意気な生徒たちがいた
赤シャツ
山嵐（やまあらし）
おれ
野だいこ
うらなり
そんななか事件は起きた
古賀さん（うらなり）が転任する？
えぇ 少し事情がありましてね本人の希望です
だがこれは嘘だった

教頭の赤シャツは
うらなりの元許婚者
マドンナと
交際をはじめ
目障りなうらなりを
左遷して
しまったのである
さらに「おれ」と山嵐が
生徒同士の乱闘に
巻き込まれるよう
仕組んだ
痛て！
やめろ
お前ら！
そして 自分に対し
反抗的な山嵐を
退職に追い込もうと
したのである
赤シャツの理不尽な
仕打ちに怒り心頭に
発した「おれ」と
山嵐は
野だいこと芸者と
一緒に宿屋に
泊まった赤シャツ
に詰め寄った
こうして
ボォ
赤シャツに鉄槌をくだした
「おれ」と山嵐は
夜のうちに この田舎を
去ったのである

漱石の生い立ちから作品を読む

『こころ』にもいえますが、『坊っちゃん』という題名は妙な感じがしませんか。剝き出しで元も子もない、でもそれしかないでしょと突きつけられ、漱石の「つかみ」はうまい、という気がします。教師たちにつけるあだ名もうまいですよね。人のごちゃごちゃいる都会っ子として育った人の言葉の感覚かなと思います。

固有名詞の少ない小説で、坊っちゃんの生家にいた下女の「清」は名前が明かされています。清が「おれ」を坊っちゃんと呼んだと言っていますから、清がこの作品の名付け親みたいなものなんですね。

彼は年増好きといいますか、マドンナの情報（うらなり、赤シャツとの三角関係）をくれる下宿の御婆さんと懇意になり、その会話が実に生き生きとしています。坊っちゃんは清のことをたびたび思い、拙い手紙を書き、教員を辞めて街鉄の技手となって清と暮らす。青春小説といわれるのに若い女性がマドンナだけですよ。主人公が「ボーイミーツガール」の外に置かれるのは、漱石のそれまでの人生、とくに母親との関係があるのではないかと私は考えます。生後すぐに里子に出されたり生家に戻されたり、別の養家に行かされる

【作家紹介】

夏目漱石（なつめそうせき）

本項の『坊っちゃん』は、漱石が小説家になる前の、英語科教師として松山中学校に赴任した頃の体験を下敷きにしている。漱石はのちに熊本県の第五高等学校や東京帝国大学でも教鞭をとっているが、漱石の授業は硬いと生徒たちからは不評だったという。なお、第五高校や東大で漱石の前任者だったのは、『怪談』などを書いたことで知られる小泉八雲（ラフカディオ・ハーン）であった。

ところで『坊っちゃん』の作中には、親の遺産を学費にしないで「牛乳屋でも始めればよかった」と主人公が悔やんだり、同僚の山嵐に氷水をおごられただの代金を返すだのといったやりとりなど、お金の話がたびたび出てくる。「経済」を忘れないところも、漱石の作品の特徴といえよう。

が再び戻り、という不安定な幼少年時代を送ったのです。清のような、母の代わりの存在と、『坊っちゃん』の中で蜜月の時を過ごす必要があったのではないかと思うのです。

『舞姫』の森鷗外はちがいます。母と息子がべったり。そこから離れ、異国で恋愛する。日本に戻ったら母の指図で、というか、家を背負った結婚をしますが、恋愛を作品化したことは文学者のスタートとしてまずまず。母との関係が密だったことで恋愛という次のステップに行けたともいえるし、母との関係を断ち切ることに意味があったともいえるのではないでしょうか。教育ママがいつも控えている鷗外は、今の男の子たちに通じるものがあります。

漱石は『坊っちゃん』ではまだ恋を書かない。敵が誰なのかが定まらないでいた坊っちゃんが、山嵐との友情が進展することで、学校内の権力側と闘うかたちになり、カタルシスを迎えるわけです。東京に戻って二人はすぐに別れてそれっきり。とくに制裁もなく、誰かが得をしたことが明らかになるのでもなく、教訓じみたこともない。一人一人の思惑よりも、意識の流れが織りなす関係性によって人が動かされることに重きをおく手法は、『こころ』でより純化されることになるのです。

【登場人物】

おれ（坊っちゃん）

無鉄砲で一本気な、江戸っ子気質。物理学校を卒業後、四国の中学校に赴任。

堀田（ほった）（山嵐（やまあらし））

数学主任。正義感が強く豪快。「おれ」と一時対立するが、やがて友人になる。

教頭（赤シャツ）

一年中赤いシャツばかり着ている教頭。卑怯でずるがしこい。

【豆知識】幼年時代の漱石

生後間もなく里子に出され、がらくたにまじって夜店にさらされていた漱石。いったん生家に引き取られた後に養子に出され、幼年時代は孤独なものだった。養父母がかわるがわる「お前の両親は誰だい」と質問されるのに悩まされ、一体自分は本当は誰に、どこに属しているのだろうという不安にとらわれた時代があったという。

第四章
宗教・倫理

この章では、『こころ』のKをイメージさせるような作品を選んだ。理想主義を掲げる「白樺派」の作品、戦後の二作品『沈黙』『金閣寺』もある。世界から見た日本という新たな視点が加わり、日本特有の信仰の問題も提示される。

1900年
（明治33）

高野聖（こうやひじり）

魑魅魍魎（ちみもうりょう）をはべらせた妖艶な女性と
山に迷い込んだ僧の不思議な一晩

泉鏡花（いずみきょうか）

ある日
疲れ果てた僧侶が
山の中で美しい女と出会った
お背中お流ししますね
一晩泊めてもらえる
ことになった僧侶は
川で汚れを
落とすことにした

ま
まるで絹のような肌だ

【あらすじ】

ある日、修行中の僧が、山中で出会った美しい女の家に一晩泊めてもらうことになった。だが、女の様子はなんとなくおかしい。翌朝、家を出た僧は、女が自分の美貌に溺れた人間を獣に変えてしまう妖女であることを知ったのだった。

家に戻る道でのことだった
うわっ コウモリ!?
あれ いけないよ
今夜はお客様があるだろう?
夜 その後も女の家の周囲には獣が集まってきた
どうしてこんなに獣が女のもとに……?
もう修行はせずあの女と生涯を送りたいものだ
普通の人間ならとっくに獣にされていたはず
やはり※お上人は日頃の修行で志が強かったのですな……
!!
その翌朝のこと
……美しい女だった
無事に出てこられたか!
僧侶は女が自分の美貌に溺れた人間を獣の姿に変えてしまう妖女である事を知ったのだ

※お上人…修行を積み、知徳を備えた高僧。

女が僧を生かした理由とは？

能楽などの劇や語り物に「道行」という言葉があります。地名や風景を謡いながら目的地に着く。浄瑠璃や歌舞伎では男女が連れ立っての駆け落ちの場面だったりしますが、お能では冒頭で旅の僧が登場することが多く、ドラマの導き手となります。

この作品では道行が二重に構成されます。一つは、敦賀に向かう汽車で一人旅の「私」が旅僧と出会って同じ宿に泊まること。もう一つは、その宿で僧が語る「飛騨の山越」譚。汽車の旅の道行のなかに飛騨の山中の道行が収まるという、いわば入れ子の構造です。

鏡花の描写に力が入るのが山越で、魑魅魍魎をはべらせている美女の住む山奥の孤家に至るまでの過程です。洪水に遭い、木の根や草に足をとられ、蛇や毛虫に難渋する。修行の身だからと鼓舞しながら進みますが、山蛭が雨のように降って痒さと痛みにおそわれ、水にからだを浸したいと思う。すると馬の嘶きがして、ひと心地。婦人があらわれ、僧は宿を提供してもらうのです。

彼女は山奥に似合わない品格を備えています。あとで明かされますが、医者の娘で患者の身体を癒やす不思議な力をもっていまし

【作家紹介】

泉　鏡花

一八七三（明治6）年石川県金沢生まれで、本名は鏡太郎。尾崎紅葉の作品を読んで感銘を受け、上京して紅葉の門下となる。同28年に発表した『夜行巡査』『外科室』が「観念小説」と呼ばれ、新進作家として頭角を現す。やがて、繊細で優雅な文体、精巧で緻密な構成からなる独自の文学的境地を確立。代表作の『高野聖』をはじめ『照葉狂言』『婦系図』『歌行燈』などで知られる鏡花の幻想的・神秘的な作風は、永井荷風、谷崎潤一郎らにも影響を与えた。

大変な潔癖症としても知られ、「生ものは一切口にせず、酒もばい菌を嫌うあまりぐらぐらと煮立つまで燗をして飲んだ。これを文壇では〝泉燗〟と称した」「好物である豆腐の〝腐〟の字を嫌い、自分の作品のなかでは〝豆府〟と書いた」など、ユニークなエピソード多数。

た。10代後半の娘盛りに大洪水があってここに閉じ込められてしまい、十三年が経ったといいますから30歳ぐらいか。年増みたいであり初々しくもあって、痩せて見えるけれどふっくらとしている。女のもつ多面的な魂（スピリット）と色と艶が体現されている感じです。

翌日出発した僧が引き返して女と生涯を送ろうと思っていると、昨日馬を売りに出かけた「親仁（おやじ）」が鯉を提げて戻ってきたのに出くわします。山越の前に僧が峠の茶屋で知り合った富山の薬商がここで馬にされ、それを売って買った鯉を女が食べるのだと知るのです。

私はこの女が好きですね。妖気のなかで一晩を過ごした僧もそうかもしれない。この僧が化け物や動物に変えられず救われたのは、女に対していたわるような視線を示しているからではないでしょうか。もしかしたら彼女を救い出せたかもしれない、いやそれは難しいか。男に飽きたら、どうするかわかったものではないのですから。

彼は魂を取り戻して無事に帰還し、上人（しょうにん）、大和尚（だいおしょう）と呼ばれるような偉い説教師となったから語れるわけですが、こんな秘密をもつ僧侶と会話してみたい気がします。僧にとって、女と生きることが人生のもう一つの回路としてあった。彼はそれに心の中で幻惑されることはもうないのだろうか。なんて、不謹慎ですかね。

【登場人物】

僧

高野山に籍を置く僧侶。山のなかで出会った美しい女の美貌に魅了され、「このまま坊主として果てるぐらいなら、修行をやめて女と過ごしたい」と思うようになる。その後、女が恐ろしい妖女であることがわかるが、日々の修行により志が頑固であったためか助かる。

女

自分の美貌に溺れた人間を獣の姿に変えてしまう妖女。ほかの男二人と一緒に生活をしている。女の家の周りには、獣に変えられてしまった無数の男たちがおり、夜な夜な女を求めて姿を現す。

【豆知識】幻惑されるような鏡花の文体

連用形止めや体言止めの多用、方言を用いた言い回しが、すべるように入り込む感じが心地よい。台詞にも鏡花一流の話術の巧（たく）みさが感じられ、内容だけでなく文章にも幻惑されるようだ。

1919年
（大正8）

友情

友情と恋愛を同時に失った男が
失意の底から這い上がろうとする

武者小路実篤
（むしゃのこうじさねあつ）

【あらすじ】

脚本家の卵の野島は、友人の妹の杉子に出会い恋情を抱いた。だが、当の杉子は、野島の友人である大宮と相思相愛となる。新進気鋭の小説家である大宮と相思相愛となる。一度は落胆した野島だったが、今後は仕事に打ち込むことを強く決意するのであった。

脚本家の卵である野島は友人の妹で16歳の杉子に出会い恋情を抱いた
なんて美しい人だ この人を見ていると良い脚本が書けそうな気がする
野島はその気持ちを親友で新進の小説家でもある大宮に打ち明けた
その人なら写真を見た事がある なかなか綺麗な人だったよ
ともかくうまくいくといいな！
あぁありがとう

だが
当の杉子はその大宮に
心を惹かれていた
ヨーロッパ留学に
出発する
大宮を見送る
東京駅のホームでのこと
このとき
野島は杉子の心が
すっかりわかった
ような気がした
そうか…
彼女は大宮のことが……
その後杉子は
大宮を追いかけて
ヨーロッパに渡った
そして
そんな杉子の愛情を
大宮も受け入れた
親友と
愛する女性の両方を
一度に失った野島は
失意の底で
大宮に手紙を書いた
大宮
これからは仕事の
上で決闘しよう
君には死んでも
同情してほしくない
傷ついても
僕は僕だ
僕はさらに
力強く立ち上がる
だろう……!!

心理を細かく描いた青春小説

『友情』では男女が一緒にピンポンをしたり海で泳いだりします。そういった運動が読者の身体感覚を呼び起こすのではなく、主人公野島の内面や人物評、めんめんと続く心理劇のような会話の「背景」としてとどまり、全体としてとても観念的な（頭で描いている）感じがします。

野島は脚本家の卵、彼が崇拝にも近い友情を抱くのが大宮です。少し年上で小説家として評価されつつあり、スポーツマンで体格にも恵まれている。野島が一目惚れした杉子は友人仲田の妹、16歳で美人。好きになった女性を妻にせねばならないという考えをもつ野島は、杉子と何が何でも結婚したいと思慕の情を深めていきます。

しかし、ライバルになりそうな大宮に対して野島が杉子への恋を打ち明けるのが早すぎます。大宮に杉子を意識させ、突き放す振る舞いをさせることでかえって彼女を大宮に引き寄せる。野島がジタバタしているあいだに、大宮は杉子との恋を準備することになる。理想を語り合う同志が、同じ対象を欲しがることもありがちですね。深層のところで、野島にはある種の予感があり、野島が大宮の

【作家紹介】

武者小路実篤（むしゃのこうじ さねあつ）

藤原北家の流れを汲む公家・武者小路家の末子。ロシアの文学者トルストイの影響を強く受け、学習院および東京帝国大学で同級生だった志賀（しが）直哉（なおや）らと同人雑誌『白樺（しらかば）』を刊行。彼らの文芸思潮は「白樺派」と呼ばれ、指導的立場にあった実篤は白樺派の精神的支柱となった。その後はトルストイ主義を脱し、理想的な調和社会、階級闘争のない理想郷の実現を目指して宮崎県に「新しき村」を建設。『友情』はこの頃に執筆された作品で、同じく男女の三角関係を描いた夏目（なつめ）漱石（そうせき）の『こころ』よりも人間関係がずっと複雑で、いかにも青春小説らしいつくり。登場人物の大宮は、志賀がモデルであるともいう。

40歳頃から絵を描くようになり、晩年になってからは野菜の絵とともに「仲良きことは美しき哉（かな）」としたためた色紙を数多く残している。

反応（真意）を探ろうとした面もあるかもしれません。

やがて大宮はパリに渡り、野島は杉子の家に結婚の申し込みをして断られます。大宮は野島に書簡体の小説を送って告白する。それが下篇の内容です。そのなかで、杉子は野島の妻になる気はないとキッパリ。彼女のほうが大宮を選んだことが強調されます。「あなたのものになって初めて私は私になる」などと杉子は大宮に手紙で語ります。実際の結婚生活をするときにそこまで確かめ合うとなると重いですね。

最後に野島は立ち直ろうと決意します。「一人で」耐えると悲壮感たっぷり。青臭くて芝居がかっている。失うことに対して純粋であり、また果敢でもある。「恋の勝利宣言」をしながら謝罪をする大宮のほうは姑息で俗っぽい。漱石の『こころ』ではKが自殺してしまって、生きたKから非難をうけない代わりに、先生はKに対して謝罪もできないのです。身のおきどころのない『こころ』の凄絶さよ！

結婚相手を選ぶのは近代文学の大事な要素かもしれません。近代日本が若い男女に与えたテーマです。恋愛結婚の指南が小説に求められた面もあります。本物の友達とは、と悩むのも青春時代ならでは。『友情』は、典型的な青春小説といえるでしょう。

【登場人物】

野島（のじま）
23歳。脚本家の卵。出会ってすぐに、杉子を自分の理想の妻だと直感する。

杉子（すぎこ）
16歳。無邪気で美しい女学校の生徒。男らしい大宮に恋情を抱くようになる。

大宮（おおみや）
新進の小説家。友情と恋愛の間で苦悩するが、最後には杉子の愛を受け入れる。

【豆知識】雑誌『白樺』

武者小路は、文学雑誌『白樺』を立ち上げたことでも有名である。創刊には、主に志賀直哉（しがなおや）や有島武郎（ありしまたけお）などの学習院出身者が尽力。一九一〇年から関東大震災で幕を閉じるまで足かけ十四年間にわたり刊行された。「白樺派」と呼ばれた作家たちは、個人主義や自由主義、理想主義的な作風で、大正文学の中心的存在となった。

1966年（昭和41）

沈黙（ちんもく）

神と信仰を描いた
戦後日本文学の代表作

遠藤周作（えんどうしゅうさく）

【あらすじ】

司祭ロドリゴは日本で激しい弾圧にあった。ロドリゴは神に救いを求めるが、神は「沈黙」を守り続ける。だが、棄教することを受け入れたロドリゴにようやく聞こえた神の言葉で、神は自分とともに苦しんでいたことを知った。

江戸時代前期 イエズス会の司祭 ロドリゴが 日本にやってきた
だが 日本で見たのは キリシタンに対する 激しい弾圧であった
神よ なぜ黙って おられる のですか
私たちを お助けください……
やがて ロドリゴも 捕らえられた
あれは 拷問にかけられた 信者たちの声だ

彼らはすでに棄教を誓った者たちだが
お前が棄教しない限りあの者たちを助けるわけにはいかん
そ、そんな……!!
私はどうしたらいいんだ
自分の信仰を守り続けるべきなのか
それとも棄教して信者たちを救うべきなのか……
悩みぬいた末ロドリゴは踏み絵を踏むことを受け入れた
くぅ…
踏むが良い
私はお前たちに踏まれるためにこの世に生まれ
お前たちの痛さを分かつため十字架を背負ったのだ
踏み絵を踏んだロドリゴは神のさらなる声を聞いた
私は沈黙していたのではない
お前と一緒に苦しんでいたのだ
この言葉を聞いたロドリゴは思った
私は今でもキリシタンの司祭なのだと――

キリスト教弾圧と三人の宣教師

キリスト教がフランシスコ・ザビエルによって日本にもたらされてから百数十年後。キリスト教禁止令が出て、島原の乱以降は弾圧が激烈になります。ポルトガルの司祭ロドリゴは、先輩格のフェレイラを尊崇（そんすう）していますが、その人が日本で棄教したという。いったい日本とはどのようなところなのか、日本人とは何なのか。ロドリゴを含む血気盛んな若い三人の宣教師が日本に向かおうとします。マカオで滞在しながら出発の機会を待ちますが、一人が病に倒れる。その時点で日本行きは波乱を予感させます。そこに案内役としてキチジローが登場。泥酔していて余りにも情けない風体、信用ならないオーラを振りまく。のちにこの存在は大きくなり、つかみどころのないトリックスターとして、奇妙なほどの人間的魅力を放ちます。

信仰心の背後にあるもの

ポルトガルは当時の先進国。東洋の日本とは地理的な距離や文明の進み具合に開きがあるだけでなく、風土や文化の点でも異質です。ルネッサンスや宗教革命を経た西欧のキリスト教社会のものの

【作家紹介】

遠藤（えんどう） 周作（しゅうさく）

一九二三（大正12）年、東京・西巣鴨町（現在の東京都豊島区北大塚）生まれ。幼年時代を中国の満州で過ごし、帰国後にキリスト教の洗礼を受ける。慶應大学仏文科を卒業後、フランスへ留学して現代カトリック文学を研究。批評家として活動していたが小説家に転じ、『白い人』で芥川賞を受賞して脚光を浴びる。

その後は、戦時中の生体解剖事件を題材にした『海と毒薬』をはじめ、『沈黙』『イエスの生涯』『侍』『深い河』などキリスト教を主題とした作品で文壇での地位を築いた。

一方でユーモアのセンスにも長け、軽妙・洒脱な小説やエッセイなども多く手がけた。自ら「狐狸（こり）庵山人（あんさんじん）」の号を名乗り、『狐狸庵閑話』『それ行け狐狸庵』『ぐうたら人間学』『ぐうたら会話集』などの作品を発表し続けた。

とらえ方は、何事も本質に収斂させようとする純粋思考です。それはやがて産業革命やフランス革命後の近代国家の成立に結びつきます。日本はそんな西欧とは別の次元で緩慢なテンポで社会を存続させてきた。そこでなぜ司祭は潜伏してまで布教しようとするのか。

もし捕らえられれば、身動きのとれないまま何日も海水に身体を浸されるという究極の拷問が待っています。微温的で寛容にも見える日本ですが、時としてこのような残酷な顔を見せるのです。日本に来る司祭は犬死にを覚悟しなければならない。

彼らには未開の地を耕す使命感もありましょう。旧教（カトリック国：ポルトガルやスペイン）と新教（オランダやイギリス）の覇権争い、宗教がからんだヨーロッパの政治経済の地図も反映しています。しかし、日本に魅入られるかのように若い宣教師が上陸するのには、人間の深いところからわき上がる衝動もはたらいていると思うのです。ヨーロッパとはちがう温暖湿潤な風土。作品でも幾度か梅雨の季節の到来を告げています。ロドリゴはこの土地にいるとキリストの姿が異なって見えると言います。世界に先駆けて近代化に向かう西欧が失ったプリミティブ（根源的）なものともいえるのではないでしょうか。キチジローはそのシンボルかもしれません。

【登場人物】

ロドリゴ
拷問を受け棄教しかけるが、神の声を聞き自分が司祭であることを再認識する。

フェレイラ
イエズス会の神父。拷問を受けた末に棄教、ロドリゴ来日のきっかけとなる。

キチジロー
ロドリゴがマカオで出会った日本人。途中ロドリゴを裏切るが、その後許しを請う。

【豆知識】激減した当時のキリシタン

『沈黙』は、キリスト教弾圧下の司祭を描いた物語である。一説には、この頃のキリシタンの数は約四十万～六十万人。総人口が約一千～千五百万人だったとされているので、3～4％程度がキリシタンだったと言われている。だが、この物語に描かれた島原の乱後は、弾圧が厳しくなり一気に数が減っていった。

1956年（昭和31）

金閣寺（きんかくじ）

実際にあった「金閣寺放火事件」がモチーフ
美にとりつかれた主人公の心の闇を描く

三島由紀夫（みしまゆきお）

【あらすじ】

溝口は、父親の死後、幼いころから魅せられていた金閣寺の学僧となる。だが、当初は溝口を後継者にしようと考えていた住職も、彼の生活が荒れると次第にその気をなくしていく。溝口は出奔し、金閣寺を焼くことを決意するのだった。

文学者としてどこまで表現できるか

ミシマの文体は熱血教師のようである。つべこべ言うなという声が行間から聞こえてきて、叩き込まれるように読んでしまう。正統派ともいえますか、本気の文章なんです。試合前練習を秒刻みで計画して、このメニューに従えないヤツは出て行け、とか。試合中はにこりともせず、いい試合をして勝つと、目に涙を浮かべたり。

吃音（きつおん）の主人公の「私」は絶えず存在確認をしようとして、それがいつも何かによって歪められ、妨げられます。自分を認めることができず、傷つけられて人生の道筋から外された感じを持ち続けてい

【作家紹介】

三島由紀夫（みしまゆきお）

一九二五（大正14）年、東京・四谷生まれ。本名は平岡公威（ひらおかきみたけ）。学習院中等科在学中に三島由紀夫名義最初の小説『花ざかりの森』を執筆し、川端康成（かわばたやすなり）に才能を認められる。東京帝国大学法学部法律学科を卒業して大蔵省に入るが九ヶ月で退職し、本格的に作家としての活動をスタート。

る。自己の疎外といわれるものですね。しかし、そういう事態が続くにしても、文章が明晰でからっと乾いている。本気の度合いが極まって宴会芸のような文体です。大まじめで人を惹き付けます。

主人公「私」を最初から最後まで貫く難問は「美」です。そのための舞台設定や人物の配置には抜かりがありません。彼が時折訪れる京の名刹や自然の描写は心憎いばかりの演出です。金閣寺に放火する大団円、カタルシスが作品の最終段階ですけれど、主人公は美とともに死ぬことはかなわない……。

本気を、青春を、どこまで押し通せるか、持続できるかが文学者の資質の大きな一つだと私は思います。「青春」は通過儀礼であって、個々により差は大きいですが、人生に欠かせない共通要素です。疎外、挫折、蹉跌、理想と現実、親との相克、恋愛や人生の選択といったことが用意されていて、過ぎてしまえば多くの人は忘れたかのような顔をします。果敢にそれに向き合うのが文学者ですね。

また、書きながらミシマは、美に殉じて自分を消す覚悟を深めていったのではないでしょうか。だから「本気」を続けられた。『金閣寺』の「私」を死なせなかったのは、ミシマ自身がまだ持ちこたえる必要があったからなのかもしれません。


『仮面の告白』『潮騒』『金閣寺』『憂国』など、華麗な文体を駆使して文学的な美を追求した作品を次々と発表した。やがて国家主義に傾倒し、民兵組織「楯(たて)の会」を結成。最後の小説となった『豊饒(ほうじょう)の海』を書き上げた後、東京の自衛隊市ヶ谷駐屯地に乱入してクーデターを呼びかけるが聞き入れられず、割腹自殺を遂げた。

【登場人物】

溝口(みぞぐち)（私）
吃音と醜悪な容姿のせいで内向的な性格となり、人から愛されずに育つ。後に金閣寺に火を放つ。

鶴川(つるかわ)
溝口の心のよりどころ。明るい性格で、溝口の吃音を嘲笑しない友人。交通事故により死亡する。

柏木(かしわぎ)
溝口の通う大学の同級生。足の障害を利用して、巧みに女性と関係をもつ。溝口に強烈な影響を与える人物。

これも面白い!
読んでおきたい文学作品
明治時代編

門

夏目漱石

『それから』のそれから

漱石の前期三部作（他の二作品は『三四郎』と『それから』）の最後となる作品。義侠心から恋人を友人に譲っておきながら後に奪い返した男を主人公とした『それから』のストーリーを受けて、社会から逃れるように暮らす夫婦の苦悩や悲哀を描いている。本作の連載終了後、漱石は胃潰瘍で入院。いわゆる「修善寺の大患」を経て漱石の作風は大きく変化し、後期三部作へとつながっていく。

あらすじ

かつての親友である安井の妻・御米を奪った宗助は、罪悪感から崖の下の家でひっそりと暮らしていた。弟の小六を引き取って一緒に住むが、御米は気苦労から寝込んでしまう。そんなある日、行方不明になっていた安井の消息が届く。

にごりえ

樋口一葉

女の心を掘り下げた名作

一葉が住んでいた東京の丸山福山町で実際に起こった出来事を下敷きにした、『たけくらべ』と並ぶ一葉の代表作。落ちぶれた愛人と自由に逢えず自暴自棄の日々を送る主人公を通して、社会の底辺でもがく女性の姿を描いている。義理と人情の世界に生きる女性の哀しみ、世間から「白鬼」とさげすまれる存在である娼婦の心を、雅俗折衷の流れるような筆致で表現した意欲作である。

あらすじ

丸山福山町の銘酒屋（飲み屋を装った売春宿）街に住むお力には、源七という馴染み客がいた。源七は蒲団屋を営んでいたが没落し、今は妻子とともに長屋で苦しい生活を送っている。それでも源七は、お力への未練を断ち切れずにいた。

田舎教師

田山花袋

文学を夢見る教師の青春

21歳の若さで肺結核により死去した青年教師・小林秀三の話を義弟の僧侶から聞いた花袋が、秀三が書き残した日記に心を動かされて執筆した長編。人間の持つ真実に迫るため、花袋は徹底した取材を行って本作を書き上げた。主人公の林清三（秀三がモデル）をはじめ、登場人物のほとんどは実在の人物がモデルとなっており、清三を中心とした人間模様が生き生きと描かれた青春小説である。

あらすじ

清三は文学への道を志しながら、貧困のためにやむなく村の小学校の代用教員となる。友人たちが上級学校に進学する中、自分だけが田舎教師で終わるのかと焦る清三であったが、やがて中学時代の仲間と同人誌『行田文学』を創刊する。

雁（がん）

森鷗外（もりおうがい）

偶然が重なり実らぬ恋

鷗外は一九一五（大正４）年頃まで歴史小説と並行して現代小説も書いているが、本作は鷗外の現代小説の代表作の一つ。鷗外自身が青春時代を過ごした思い出の場所である東京大学界隈を舞台にしており、人生の岐路を左右する「偶然」をテーマに据えている。薄幸の女性が自我に目覚めていく過程と挫折するまでのドラマ、そして女性の心理を均整のとれた文体で描き出している。

あらすじ

高利貸しの妾（めかけ）・お玉は東大の医科大学生・岡田と知り合い、ほのかな恋心を抱く。お玉は今日こそはと岡田を家に招こうとするが、ふとした偶然から彼女の想いは通じない。岡田はドイツ留学のために下宿を引き払う前日だった。

外科室（げかしつ）

泉鏡花（いずみきょうか）

夫人と外科医の秘めたる恋

作品の中に何らかの意思を持たせた小説を「観念小説」というが、鏡花が一八九五（明治28）年に発表した本作と『夜行巡査』は、観念小説の代表的作品とされる。高貴な夫人と青年外科医の秘めたる恋と、外科手術の緊迫感の中で二人の間に存在する幻想的な空気を、鏡花が得意とする美しい文体で表現している。後に鏡花が確立する幽玄で浪漫的な作風の前身となるものでもある。

あらすじ

画家である「私」は、友人の医師・高峰の手術の様子を見学する。外科室で手術が始まろうとするが、患者の伯爵夫人は麻酔をかたくなに拒む。うわごとを言ってしまうから怖い、眠らずに治療ができないなら治らなくてもいいと言う。

自然と人生

徳冨蘆花（とくとみろか）

蘆花の自然観察ノート

蘆花が書き溜めた短編小説・評伝・随筆・詩をまとめた小品集。なかでも詩は、自然の写生を主体とした散文詩風の小作品が「自然に対する五分時」「写生帖」「湘南（しょうなん）雑筆」の三部に分けて収録されている。特に、湘南の自然を一年間にわたって克明に観察した日記風の「湘南雑筆」は、独自の自然観と簡潔な漢語表現が反響を呼び、蘆花が自然詩人としての評価を高める作品となった。

あらすじ

野路行けば、粟（あわ）の収納の盛りにて、稲の収納もぼつぼつ始まりぬ。蕎麦（そば）雪の如（ごと）く、甘藷（かんしょ）の畑は彌繁（いやしげ）りに繁れり。百舌（もず）鳴く村に、紅（くらない）なる黄なる星の如く柿の実の照れるを見よ。（「湘南雑筆」より「秋漸（ようや）く深し」）

第五章 社会

日本の近代化の「外発性」は社会に矛盾をもたらした。『破戒』の主人公は差別問題についての葛藤を個人のレベルで闘う。プロレタリア文学が描いた労働者の苛酷な現実や、原子爆弾にみまわれた人々の悲劇に至る。『阿房列車』でちょっと一息。

1911年
（明治44）

日本における文明開化とは何か？
漱石が若者にあてたメッセージ

現代日本の開化

（げんだいにほんのかいか）

夏目漱石（なつめそうせき）

【あらすじ】

日本の文明開化は、西洋文化の外発的刺激によって不自然に発展した「皮相上滑りの開化」である。だが、これに反発した人々が「神経衰弱」の状態になるのは言語道断である。できるだけ健全さを保って変化をしていくのが良かろう。

一九一一（明治44）年八月、夏目漱石は和歌山で講演を行った
文明が開化したのならば人々の生活は昔よりも楽になっていなければならないはずです
しかし現実はどうか
正直に言えば昔の人に比べて一歩も譲らざる苦痛のもとに人々は生活している
いや 開化が進めば進むほど競争がますます激しくなって
生活は困難になるような気さえする
これが開化です

では日本の文明開化と西洋の文明開化の違いは何か
ひと言で言えば西洋の開化は内発的であって
日本の開化は外発的であるということです
鎖港排外の空気で二百年も麻酔した挙句突然、西洋文化の刺激に跳ね上がったような強烈な影響は
有史以来日本は受けていなかった
日本の開化はあのときから急激に曲折し始めたのであります
この圧迫によって我々はやむを得ず不自然な発展を余儀なくされているのであります
開化のあらゆる段階を順々に踏んで通る余裕をもっていない
これは要するに現代日本の開化は
「皮相上滑りの開化」
であるということに帰結するのであります！
しかしそれが悪いのだからおよしなさいというのではない
事実涙をのんで上滑りに滑っていかねばならない
日本は文明を開化させるしかない

我々のやっていることは内発的でない、外発的である

未来を若者に託す姿勢

漱石先生は講演も面白いのです。具体例が豊富で、数式を引き合いに出してもいやみがなく、あれこれと談じながら論を積み上げていくのに無理がない。全体はこざっぱりしていて、しかもあたたかい感じがあります。そして、仕事に対する真摯さが出ています。

「開化」は、「文明開化」の「開化」です。新しい知識や文化をどんどん取り入れて、技術的にも制度的にも社会が進歩・発展していくこと。明治時代の日本にとってそれは急務であったわけですが、この講演は一九一一（明治44）年の夏に行われていますから、「明治」を俯瞰（ふかん）する意味合いもあったのかなと思います。開化そのものをどうするかとなると、さすがの漱石だってどうしようもない。「私

【作家紹介】

夏目漱石（なつめ そうせき）

明治時代末期から大正時代初期にかけて、漱石は講演活動も精力的に行っている。本項の「現代日本の開化」は、一九一一（明治44）年八月の関西地方における四回連続講演のうちの二番目、和歌山で行われたもの。彼の最も有名な講演の一つとして知られ、漱石の自選講演集『社会と自分』にも収録されている。

開化には「内発的な開化」と「外発的な開化」の二つがあり、日本の開化は外発的なもので、外から無理やりに押されて否応なしにもたらされたものであると説くその内容は、積極的に西洋の文明を取り入れて急速に発展する当時の日本の社会に対する疑問を投げかけている。代表作である『三四郎』や『こころ』で登場人物に語らせた台詞と同様、漱石の時代認識や社会認識がよく表れている作品とされる。

はただ開化の説明をして」、現にその開化のまっただ中にいる「あなた方」に後はおまかせしたい、という姿勢が貫かれています。

漱石は「開化」の定義づけを極力避けています。それ自体が動いて変化しているし、どこから見るかによっても違う。でもそのうえで「開化とは何者だ」とまとめてみることは大事だとも認めています。どうも一筋縄ではいかない。『こころ』で語られる、ああでもないこうでもないに通じる漱石の思考の流れが見えますね。それを人に見せつけようなどということではないのです。人間や社会の真実を追求しようとすると、バランスが必要になるのですね。

「今日は死ぬか生きるかの問題は大分超越している。それが変化してむしろ生きるか生きるかと云う競争になってしまったのであります」。よく知られている「内発的」「外発的」の語が登場するまでにもこんな一節があって、私はニヤリとしてしまいました。日本の人たちが贅沢になったという点では、明治時代をゆうに上回っている二十一世紀の今のことを思わないではいられません。暮らしのための労力を使わなくなって娯楽に時間を費やせる一方で、進歩・発展は依然として、というよりもさらなる急カーブを描いていきます。「生きるか生きるかという競争」はどこまで続くのだろう……。

【豆知識】漱石の講演

漱石の講演は心に残るものが多く、一九一二（大正3）年に学習院（現在の学習院大学）で行った「私の個人主義」という講演では、イギリス留学中に自分の生きるべき道を決めたといい、それは「自己本位」とは何かを立証することであったと語っている。

この講演で漱石は、個人主義を持つ上で必要となる三つの条件について「自己の個性の発展を仕遂げようと思うならば、同時に他人の個性も尊重しなければならない」「自己の所有している権力を使用しようと思うならば、それに付随している義務というものを心得なければならない」「自己の金力を示そうと願うなら、それに伴う責任を重んじなければならない」と述べている。個人主義を貫くためには、それ相応の責任や義務が伴うものだと言及したわけだ。

同時に、戦争など本当の危機に瀕すれば皆が個人の自由や活動を束縛され、自然と国家のために尽くすことになると語り、当時の日本で沸き返っていた国家主義的風潮を批判した。

1893年（明治26）

漫罵（まんば）

西洋の模倣では本当の革命と呼べない
本当の革命とは？ 体を張って訴えよ

北村透谷（きたむらとうこく）

【あらすじ】

いまの日本は混沌として、古くからあった本来の道義は弱まっている。とはいえ、西洋由来の新しい道義も仮のものである。だがそんな世界に憤って、詩人が高邁な世界に閉じこもってはいけない。むしろ堂々と店頭に出るべきである。

私は橋の上で
家々を眺めた
白亜の壁
煉瓦の家
洋風
和風
和洋折衷など
さまざまである
道行く人々を見ると
和服 洋服 背広
紋付など やはり
さまざまである
私は 落胆した

いま日本に格調高い詩歌がないのは
このせいに違いない国や人種の誇り
民としての栄誉はどこにいったのか
日本に古くから根付いていた
本来の道義は弱まり
かといって西洋由来の新しい道義も仮のものである
人々は創造的思想には見向きもせず
華美な娯楽や平凡で声が大きいだけの主張におどらされている
真に理想を追求した詩歌も詩人もないがしろにされている
しかし
それに憤って高邁な世界に閉じこもるようなことはするな
帰れ帰りて汝が店頭に出でよ

今の時代は物質的の革命によりて、
その精神を奪はれつゝあるなり。

日本人の思想を呼び戻そうとする叫び

一八九三（明治26）年に発表された評論で「まんば」と読みます。みだりにののしること。何らかの考えに集約しようというのではなく、とにかく言い放ちたいということですね。日本が殖産興業、富国強兵を旗印に西欧に追いつけとやっきになっているさまを、透谷は「物質的の革命」と呼び、内部で異質なものが衝突しての革命ではなく、外部の刺激による「移動」にすぎないと捉えます。それがもどかしくてならないのです。二十年ほど後に漱石が『現代日本の開化』で述べる「内発的」と「外発的」にも通じますね。外（おもには先進的な西欧文明）から与えられたものの模倣であって、自発的ではないから真の近代化とはいえないと、手厳しいのです。

自由民権運動に関わったこともある透谷は、内部からわき起こる

【作家紹介】

北村（きたむら）透谷（とうこく）

一八六八（明治元）年、神奈川県小田原生まれ。東京専門学校（現在の早稲田大学）中退。自由民権運動に参加するが、仲間が資金獲得のために強盗を計画していることを知り、失望して運動から離れる。その後、自らの政治的体験を題材にした長編叙事詩『楚囚之詩（そしゅうのし）』を発表。過激な内容が注目を集めたが、出版直後に自ら回収している。続いて劇詩『蓬莱曲（ほうらいきょく）』を、さらに近代的な恋愛観を表明した評論『厭世詩家（えんせいしか）と女性』を発表。やがて島崎藤村（しまざきとうそん）らと文芸雑誌『文学界』の創刊に参加し、同誌に理想主義的な文芸評論を多く掲載した。

絶対平和主義の思想に共鳴していたが、日清戦争を直前に控えて国粋主義に染まっていく時勢のなかで理想と現実の乖離（かいり）に苦しむ。ついに精神に異常をきたし、25歳の若さで自殺。

人間の精神の自然な発露を重視し、それが思想となったり制度につながったりすることを理想としました。透谷らが創刊した雑誌『文学界』（明治26年1月〜31年1月刊行）が浪漫主義運動の先駆といわれるのも、その初期を導いた透谷の影響が大きいようです。

透谷の好んだ文体

透谷の書いた詩や評論は、漢文的な要素の強い文語文体（いわゆる古文）なので難物ですが、かみ砕いてわかりやすくすると、その勢いや味わい、つまり「魂（スピリット）」が薄れてしまいます。江戸時代までの日本の正式文書が漢文だったということも忘れてはなりません。紀貫之（きのつらゆき）や藤原定家（ふじわらのさだいえ）などの歌人だって、お役人として記録を残すときには漢文を用いたのです。長きにわたって日本の思想や制度を担っていたのが漢文だったということです。明治時代になって西欧化（のちには欧米化）が進むにつれて、英仏独露といった国の言葉が重んじられるようになります。英文学にも精通し、原文でも読んでいた透谷ですが、書くときに漢文調だったことは、漢文vs西洋語という葛藤を深く抱えていたことを意味するのではないでしょうか。当時の日本の矛盾した状況をあらわしているのです。

【豆知識】『文学界』のメンバー

北村透谷の『漫罵』は、明治時代の文学雑誌『文学界』に掲載された。『文学界』は、星野天知（ほしのてんち）や島崎藤村らにより立ちあげられ、メンバーが自分の道を歩き始めるまで約五年間にわたり刊行された。北村は、創刊後に執筆陣に加わったが、メンバーの一人であったかどうかは諸説ある。また同時期に、樋口一葉も参加した。

【豆知識】恋愛至上主義の先駆者

文字通り「恋愛こそ人生で最高のもの」とする恋愛至上主義は、精神的な恋愛を神聖視する一方、肉体的な恋愛は否定し必ずしも結婚にはこだわらない、近代的な恋愛観の一つの形といえる。透谷はその先駆者とされ、代表作の一つ『厭世詩家と女性』の中で「恋愛は人生の秘鑰（ひやく）（＝秘密を解く鍵）なり、恋愛ありて後人生あり」と唱えているが、これはキリスト教徒であった透谷が恋愛にも自由と理想を求めたことによるものとされる。

1906年
（明治39）

破戒（はかい）

自我によって沸き上がる不安や葛藤を
父の戒めを破ることで解き放つ

島崎藤村（しまざきとうそん）

【あらすじ】

瀬川丑松は、被差別部落出身であることを隠しながら生きてきた。一方、瀬川が尊敬する思想家の猪子蓮太郎は、やはり被差別部落出身で差別撤廃を叫んでいた。その後、蓮太郎が暗殺されると、瀬川も自らの出自を打ち明けるのだった。

小学校教師の瀬川丑松には
父からきつく戒められていることがあった
何があっても決してそれとは打ち明けるな この戒めを忘れたら社会から捨てられたものと思え
丑松親子は被差別部落の出身だったのである
いままで自分は父の戒めを守ってきた
だが
このまま
何もかも隠していて良いのか……

その後丑松は尊敬する思想家の猪子蓮太郎の死に直面した
先生!
先生……!!
猪子は 自らも被差別部落出身でありながらそれを公表し差別撤廃のために闘っていた
だが対立する一派に暗殺されてしまったのである
尊敬する先生の死が丑松の心を動かした
明日学校で自分のことを打ち明けよう……
こうして丑松は父の戒めを破ることを決意したのである
私は不浄な人間です
許してください
その後丑松は学校を去った

「近代的な自我」の葛藤のお手本

作品を読み込むときに「葛藤」という、まことに便利な言葉があります。人と人のあいだにも使いますが、一人の人物の心のなかで、対立するものが絡み合ったりぶつかったりして、はげしく悩むことです。葛藤は外面ではすぐにとらえられません。その人のなかで起きた小さな揺れが大きなうねりに変化していき、何らかの行動へと駆り立て、止揚（しよう）していくことになるのです。止揚とは、対立矛盾するものが次の段階に統合されることをいいます。

『破戒』は、24歳の小学校教員瀬川丑松（うしまつ）の内面が核となって展開します。教員仲間をはじめとする長野・飯山の町や周辺の村の人々と交わりながら、丑松は一人葛藤を抱え込んで煩悶します。彼から離れない思念とは、未解放部落の出身である自分――。ここで示されるのは「近代的な自我」の葛藤のお手本ともいえます。

全体として伏線のめぐらせ方がとても自然で巧みです。丑松は父親から、被差別部落の出身だと決して人に告げてはならないと言い渡されています。しかし、丑松は部落出身であることを公開して闘っている運動家・猪子蓮太郎（いのこれんたろう）の著作に心酔し、実際に出会います。

【作家紹介】

島崎（しまざき） 藤村（とうそん）

一八七二（明治5）年、筑摩県馬籠村（まごめ）（現在の岐阜県中津川市馬籠）の裕福な家に生まれる。生家が没落したため上京して知人の家で成長。明治学院（現在の明治学院大学）に進学し、キリスト教の洗礼を受けるとともに文学への関心を強める。この間、父・正樹（まさき）が発狂した末に牢内で死去。のちに藤村が著した『夜明け前』の主人公は、正樹がモデルである。

北村透谷（きたむらとうこく）らとともに文芸雑誌『文学界』の創刊に参加。さらに第一詩集『若菜集』などを発表し、浪漫派詩人としての地位を文壇で確立していくが、やがて小説に転じる。自費出版で発表した『破戒』は、自然主義文学の代表的作品として名高い。その後は次第に自伝的小説に傾倒していき、とりわけ姪との恋愛の葛藤を描いた『新生』は大きな反響を呼んだ。

正反対の価値観を示す父なる存在が二人いるのは、人間を成熟させるときの機縁となります。

父親が亡くなったときに猪子が丑松を訪ねる。そこで藤村は山々がおりなす自然の崇高な情景を微細に描き込みます。猪子という特別な存在を際立たせているのです。また、父親の死のきっかけになった牛を屠殺（とさつ）するところに丑松と猪子が立ち会います。それが食肉として買い取られていくのは近代らしい場面ですね。

ついでにいえば、バリバリの体制派で丑松を疎ましく思っている校長がいまして、そちらに与（くみ）する勝野文平という若い教師が出てきます。その人物は『坊っちゃん』でいえば赤シャツかもしれません（『破戒』のほうがよりスマートでフランクです）。その男性はしょっちゅうテニスをやっているんですよ。

藤村は近代を告げる画期的な詩集『若菜集』で世に躍り出ました。散文の世界でも『破戒』は記念碑的な作品です。女学校で教え子と恋愛したとか、最初の妻が亡くなって子どもを育てるために家に預かっていた姪っ子と関係をもってしまったとか、とんでもないことを起こした人ですけれど、近代詩と近代小説の「最初の人」としての藤村というだけで、私は十分えらいと思ってしまうのです。

【登場人物】

瀬川（せがわ）　丑松（うしまつ）

信州飯山の小学校教師。被差別部落出身であったが、絶対に人に知られてはいけないのだと言われて育った。だが、同じ被差別部落の出身の猪子蓮太郎の著作に触れるうちに、差別を受けることに抵抗を感じるようになった。

猪子（いのこ）　蓮太郎（れんたろう）

瀬川と同じ被差別部落の出身。瀬川に大きな影響を与える。選挙に出馬した市村弁護士の応援のために演説会を行ったあと、対立候補の一派に暗殺された。

【豆知識】『文学界』と『文學界』

島崎藤村や北村透谷らが創刊し、樋口一葉が代表作『たけくらべ』を発表した文芸雑誌『文学界』は、日本初の女性専門誌『女学雑誌』の文芸部門が独立したものだ。のちに小林秀雄らがこれとは別の同人雑誌『文學界』を創刊しているが、こちらは菊池寛が創設した文藝春秋社が引き継ぎ、現在まで発行されている。

1926年（大正15）

セメント樽の中の手紙

ある女工が告白する恋人の死
プロレタリア文学の先駆け的存在

葉山嘉樹（はやまよしき）

【あらすじ】

ある日、松戸与三はセメント樽のなかから一通の手紙を見つける。手紙はある女工からのもので、恋人が破砕器に巻き込まれ亡くなったことが書いてあった。手紙を読んだ与三は、やりきれない想いを抱えながらこれからのことを思うのだった。

松戸与三はセメントあけをやっていた
ちぇっ！やりきれねぇなぁ
一円九十銭の日当の中から 日に五十銭の米を二升も家族に食われて……
ん？
なんだ こりゃ セメント樽のなかから箱が出てくるって法はねぇぞ

カタ
なんだこりゃ手紙か……
私はセメント袋を縫う女工です
私の恋人は破砕器へ石を入れる仕事をしていました
そして十月七日の朝大きな石を入れるときにその石といっしょにクラッシャーのなかにはまりました
うわっ！
仲間の人たちは助け出そうとしましたけれど石と恋人の体は砕け合ってセメントになってしまいました
骨も肉も魂も粉々になってしまいました
ぐいっ
タンッ
あぁ！
へべれけに酔っぱらって何もかも打ち壊してぇな！
へべれけになられてたまるもんですか子どもたちをどうします
彼は細君の大きな腹の中に七人目の子どもを見た
あぁ……

骨も、肉も、魂も、粉々になりました。
私の恋人の一切は
セメントになってしまいました。

巧みな描写の数々が、労働者の本質を描く

プロレタリア文学（労働者をテーマにした作品）の先駆者にあたるのが葉山嘉樹。船員やセメント工場勤務などを経て労働争議を指導し、一九二三（大正12）年には検挙されて獄にいたこともある人ですから、労働の状況も刑務所の場面も、観念的ではなくリアルさがあります。この作品を一九二六（大正15）年に「文芸戦線」に発表し、同じ年の秋には、獄中で書いたものを改作した長編『海に生くる人々』を世に送り出しました。

恵那山をのぞむ木曽川沿いの発電所の建設のために、セメントあけの仕事についている松戸与三が主人公です。コンクリートミキサーに樽からセメントを注いでいると、その粉塵で鼻が詰まる。鼻

【作家紹介】

葉山嘉樹

一八九四（明治27）年、福岡県生まれ。早稲田大学高等予科に進学するが、学費未納のため除籍処分に。その後は船員、セメント工場の工員、新聞記者など職を転々とするが、このときの体験が後年の作品の素材となった。名古屋で労働争議を指導したとして検挙・投獄される。巣鴨刑務所で服役中に被災した関東大震災の体験をもとにした『牢獄の半日』を発表する。獄中では『淫売婦』『難破』（のちに『海に生くる人々』と改題）を執筆。さらに、葉山の作品はプロレタリア文学でありながら芸術的完成度も高く、のちに『蟹工船』を執筆することになる小林多喜二にも影響を与えた。

戦時体制下でプロレタリア文学作品を発表できなくなり、晩年は信州や木曽の山村で貧困に苦しみながら作品を書き残した。

の穴に指を突っ込んで「鼻毛をしゃちこばらせている、コンクリートを除（と）りたかった」が、その暇すらない。休憩時間も昼食やミキサーの掃除のために「遂々（とうとう）鼻にまで手が届かなかった」。そして「石膏（せっこう）細工の鼻のように硬化したようだった」と、克明に描写を重ねます。

苛酷な労働現場から解放された帰宅時、「夕暗に聳（そび）える恵那山（えなさん）は真っ白に雪を被（かぶ）っていた」。これがセメントの白と響き合うのです。社会派の骨太な作品であっても、悲惨な状況におかれた人間の背後に自然美が据えられ、ある種の風情がちゃんと織り込まれていることを見逃してはなりません。だからこそ、家への帰途で松戸が読む、女工からの「手紙」が生きるのではないかと思います。

手紙は、恋人が破砕器に嵌（はま）って沈んでいったことをグロテスクなまでに述べ、それから「あなたは労働者ですか」「私の恋人は幾樽のセメントになったでしょうか」といった問いをたたみかけます。女工の思いがこれほどの手紙を書かせているのでしょうか。恋人の生きた短い人生、存在そのものを思慕するせつなさが漂っています。

松戸は、女工の恋人が粉々になって葬られたセメントを毎日浴びている。まったくの他人だし、むごさったらないのですが、手紙の訴えかける絆がプロレタリアの連帯なのかと、思えてきました。

【登場人物】

松戸（まつど）与三（よぞう）
建設中の発電所で働く労働者。安い賃金で一日に十一時間働いている。

女工
この手紙を書いた人物。死亡したセメント工の恋人。

女工の恋人
破砕器に巻き込まれ死亡。遺体は一片も残らず、セメントの一部となった。

【豆知識】プロレタリア文学とは何か？

葉山嘉樹は、プロレタリア文学作家として知られている。では、このプロレタリア文学とはなんなのだろうか。そもそも「プロレタリア」とは「賃金労働者階級」のことで、苦しい生活を送っていた労働者をテーマに描かれたものが「プロレタリア文学」と呼ばれている。ほかには、小林多喜二の『蟹工船』などが有名である。

1965年
（昭和40）

黒(くろ)い雨(あめ)

日常を狂わせる 被爆の実体を生々しく描く戦争文学

井伏鱒二（いぶせますじ）

【あらすじ】

重松は、原爆症だと噂され良縁に恵まれない姪の矢須子のことで悩んでいた。そんな折、この上ないほどの縁談が持ち上がる。重松は、矢須子の健康を証明するために、広島にいた頃の矢須子の日記を清書し、仲人に送ることを決意する。

この数年来
重松は姪の
矢須子のことで
心に負担を感じていた
重松（しげまつ）
広島にいたことで
矢須子が原爆症だという
噂を立てられ
良縁に恵まれ
なかったからである
矢須子（やすこ）
だが
終戦から四年以上が
経った現在も
矢須子は原爆症には
なっていない
そんな折、矢須子に
この上ないほどの
縁談が持ち上がった
重松は矢須子の
日記を清書し
仲人に送ることにした
当時の矢須子の
行動を読んでもらえば
矢須子が原爆症で
ないことがわかると
思ったからである

八月九日　広島
午前十時頃
被爆した矢須子は
半ば呆然としたまま
郊外にいた
そこで
黒く太い雨にあたった
黒い雨に
降られたことは
書かないほうが
良いだろう
だが、矢須子は
爆心地から
十キロ以上も
離れた場所にいた
私は二キロの
ところにいたが
こうして生きている
あえて事実を書くことで
矢須子が原爆症では
ないと信じてもらえるだろう
しかし
重松の思いとはうらはらに
矢須子はついに原爆症を
発症してしまった
いま
もし向こうの山に
虹が出たら
奇跡が起こる
矢須子の病気が治るんだ
どうせ
叶わぬことと
知りながら
重松は向こうの
山に目を移して
そう占った

日記をもとにした文学作品

太宰治の『富嶽百景』でも描かれるように、井伏鱒二は公私にわたって太宰の師匠的存在でした。とくに文学の上で共通するのが、誰かが書いた日記や記録を文学作品に仕立てる手法ではないでしょうか。太宰の戦後の代表作『斜陽』のように。井伏のこの作品も広島で被爆した重松静馬の日記をもとにしています。そのまま抜き出している部分もあって、問題視されることもあります。でも私は、井伏が手を加える必要なしとしてその記載を用いたことは、書いた人への礼儀と見てよいのではないかと考えています。中学生が引き込まれて読むのを見てきましたし、私自身も達人的な構成に感心せずにはいられません。文学としての質を優先させたいのです。

一瞬にして奪われた人生と日常

原爆直後に電車に乗り合わせた人がそれぞれに語る場面があります。中学三年生か四年生ぐらいの少年は「火の玉が閃いた」ときには家にいました。外に飛び出そうとすると同時に、家が崩れて失神します。気づくと足が木材に挟まっている。父親が少年を助けよう

【作家紹介】

井伏鱒二

一八九八（明治31）年、広島県生まれ。本名は満寿二。当初は画家志望だったが、文学好きの兄のすすめにより文学に転向。学友とともに創刊した同人誌『世紀』誌上に『幽閉』（のちに改稿され『山椒魚』に改題）を発表、これが認められて文壇に登場する。『屋根の上のサワン』『ジョン万次郎漂流記』『本日休診』など、哀愁をにじませつつユーモアを基調とした作品を得意とした。本項の『黒い雨』は、原爆体験を誠実に作品化した名作である。

太宰治の師匠としても知られる。太宰の『富嶽百景』は、天下茶屋にこもって仕事をする井伏を太宰（作中では「私」）が訪ねるところから始まる。「放屁なされた」、「無雑作な登山服姿」で見合いに立ち会った、といった描写に太宰の井伏に対する敬意や親しみが感じ取れる。

としますが、炎が迫っていてなすすべもなく、「もう駄目じゃ、勘弁してくれ。わしは逃げる」との言葉を残してその場を立ち去る。少年もそのあと「魔法の環のように不思議と抜け出せた」ので、伯母さんのうちへ急ぎます。そこには父がいて「何とも間の悪いような顔をした」。少年は伯母の家から逃げ出して、いま母親の里へ向かっているのです。

人間のリアルとは、生きること自体を文学が写し取るとは、このようなことではないでしょうか。感動的な親子の対面とかにしたら、ずいぶん甘っちょろいものになってしまったでしょう。

原子爆弾が落とされたことで、地続きだったところと（爆弾には県境も町の境界線もありませんが）隔絶される。日常的な時の流れから地滑りが起きたように寸断される。原爆の社会的な影響力や位置づけからすると少年に起きた出来事は小さいけれど、彼の人生は確実にそこで変わってしまう。そういった「取り返しのつかなさ」（あとで父と和解したとしても）、その人生を以前と以後で分かつようなことが、作品に充満している。原爆によって、生きる価値や意味がものすごい勢いで、あるいは深く浸透しながら根こぎにされてしまうのです。

【登場人物】

閑間（しずま）重松（しげまつ）
原爆症だとされ、良縁に恵まれない矢須子を心配。自らも通勤途中に被爆した。

高丸（たかまる）矢須子（やすこ）
重松の姪。重松が日記を清書しているあいだに、原爆症を発症してしまう。

細川（ほそかわ）
重松の友人で医師。矢須子を励ます重松に力を貸す。

【豆知識】原爆症について

矢須子が発症した原爆症とは、原爆による放射線の影響で発症するさまざまな疾患の総称である。具体的には、がんや白血病、心筋梗塞などが知られる。被爆者の証言では血便、脱毛、急激な悪心、吐血なども挙げられる。また妊婦が被爆すると、頭の小さい「原爆小頭症」の子どもが生まれることもあるといわれている。

1917年
（大正6）

田園の憂鬱（でんえんのゆううつ）

現代人に通じる自己愛の強さ
研ぎ澄まされた感性で描く青春小説

佐藤春夫（さとうはるお）

【あらすじ】

彼は、都会の人間関係を避け田舎の家に移った。だが、不眠になり幻覚や幻聴に悩まされるようになる。ある日、妻が摘んだ薔薇を火鉢に投げると、真っ青な煙が上がり謎の声が聞こえてきた。声は、どこまでも彼を追いかけるのだった。

ジワワワワワ
都会で人間の重さに押しつぶされるのを感じた彼は
妻と二匹の犬二匹の猫と一緒に田舎の家に移った
この家の荒れた庭園には彼の最も愛する薔薇があった
ふ〜
ああ日光を浴びさせてやりたい
花をつけさせてやりたい

薔薇ならば
花開かん
薔薇ならば
花開かん……!!
だがやがて
薔薇のことは忘れ
季節は夏から秋へと
移っていった
そして彼は眠れなく
なり幻聴や幻覚に
苛まれはじめた
そんなある日
薔薇が食卓に
並んだ
な
なんだこの
薔薇は……!
おお薔薇
汝病めり!
この言葉は
彼自身の口から
出たものだ
だが彼には自分以外の
声に聞こえた
おお薔薇
汝病めり!
おお薔薇
汝病めり!
この声はいったい
どこから来るのだろうか
言葉が彼を追いかける
どこまでも
どこまでも

詩的な世界が広がる作品

田園の豊穣な、というよりも濃厚で、うっとうしいほどの緑と湿り気に覆われた小説です。丘、谷川、雑木林、果樹園、田んぼや畑、農家の庭といった起伏と表情に富む地形。それぞれにひだや奥行きがあり、時季に応じて花が咲き、眼を凝らすと、蜻蛉や蟬といった虫たちの生の営みに出くわします。主人公は、ある草深い農村の茅葺き屋根の家に「妻」と二匹の犬と二匹の猫とともに移住します。家は武蔵野のはずれ、小さな丘が連なる風景のあいだの片田舎にあります。べたついたスノッブ（気取った）な表現、こういう感じは作品全体に漂うもので、詩人の鋭敏な感覚とあふれんばかりの描写力が駆使されている。それらは細部にまで浸透して、詩的な世界を構成します。

主人公は息苦しい都会を逃げ出して、平凡な自然に溶け込みたいなどと呟く。しかし、夏から秋にかけて湿気がとどまってこの土地を封じ込めています。犬の動きも、小さな虫の命も、村の出来事も、どこかつながっているようです。幻覚や予兆が彼を内側からとらえて離さず、主人公は先に進めないでいるのです。

【作家紹介】

佐藤 春夫

一八九二（明治25）年、和歌山県の新宮で生まれる。春夫は故郷の新宮のことを、本項の『田園の憂鬱』の序盤にも書いている。少年時代から与謝野鉄幹や生田長江に師事し、文芸誌『スバル』『三田文学』などで叙情的な詩を発表。この時期に書かれた詩はのちに処女詩集『殉情詩集』にまとめられた。大正期からは主に小説を書くようになり、神奈川県中里村（現在の横浜市）に移住して田園生活を開始し、倦怠感に苦しむ自身の心象風景を詩情豊かに描いた『病める薔薇』を執筆。これを改稿・加筆した『田園の憂鬱』を完成させ、文壇での地位を高めた。このほかの代表作に『都会の憂鬱』『晶子曼陀羅』などがある。門下からは井伏鱒二、太宰治、遠藤周作、吉行淳之介、安岡章太郎ほか、そうそうたる人材が輩出している。

薔薇が意味するものとは

題名に「病める薔薇（そうび）」と添えられていまして、雑誌に掲載された一九一七（大正6）年当初の題名はこれでした。「薔薇」は何を暗示するのでしょうか。妻か自分か芸術か。20代の夫婦の設定で、都会を好む妻とは気持ちが通じていない。行き詰まり感、人生を無為に過ごしているのではないかという焦り。それも自然の景物の一つなのか。倦怠期の夫婦の別荘暮らしみたいです。いえ、それならかつてはこうだったというのがあるのでしょうが、この二人にはない。その「どうしようもなさ」が湿り気と重なるのです。

最近の若い人ならとっくに別れているかもしれません。わざわざ別荘で暮らして、夫の芸術の追求に寄り添って人生を模索するようなことはしないでしょう。そういうことに持ちこたえられないともいえます。それにしても、読まれない小説になってしまったようです。本もなかなか手に入らない。主人公が勝手に憂鬱になっているとか、自己愛が強いとか、いまの人たち全般に通じるような気がしますから、「青春」を標榜（ひょうぼう）しないで新しいかたちで復刊でもしたら読まれるのではないかと私は思います。

【登場人物】

彼

田舎の家にあった薔薇園を手入れし、花を咲かせる。しかし、薔薇がすべて蝕まれていて一つとして完全なものがないことに心をかき乱される。

妻

夫とともに田舎に移ってきたが、すぐに生活は困窮。自分の和服などを売り払いながら生活費を作る。精神世界に浸る夫との生活に、密かに涙している。

【豆知識】小説の舞台

佐藤春夫が生まれ育ったのは和歌山県新宮。本作で「荒い海と嶮（けわ）しい山とが咬み合って」いるところの一小市街のそばを大きな急流の川が流れている、と述べている。その「戯曲的な風景」と比べて、彼が今いる村の様子は「小さな散文詩」だという。ちなみにこの村は佐藤が当時移住した、神奈川県横浜市の田園地帯がモデルだ。

1950年
（昭和25）

阿房列車（あほうれっしゃ）

百閒とヒマラヤ山系がゆく！
変わり者の漱石の弟子が描く鉄道旅物語

内田百閒（うちだひゃっけん）

【あらすじ】

「なんにも用事がないけれど、汽車に乗って大阪へ行って来ようと思う」。内田百閒が、列車に乗ること自体を目的に日本全国を旅して執筆した紀行文シリーズ。借金をしてまで一等車に乗るなど、痛快なエピソードが描かれている。

文学少年が慕った夏目漱石

百閒またの名を百鬼園（ひゃっきえん）。百閒のペンネームは故郷岡山の百間川にちなんでいます。とにかく鉄道が大好きで、マニアっぽくない元祖鉄道オタク。たいてい一等車に乗って、乗ること自体を楽しむ。そこに欠かせないのが酒と肴（多くは駅弁）。60代で一九五〇（昭和25）年から一九五六（昭和31）年にかけて鉄道の旅をして、『第一阿房列車』から『第二』『第三』と三冊にまとめて発表しました。お供の「ヒマラヤ山系」という人がちょくちょく出てきますが、弟子で国鉄職員（今のＪＲ）の平山三郎（ひらやまさぶろう）です。言葉をもじっているの

【作家紹介】

内田百閒（うちだひゃっけん）

百鬼園とも号す。一八八九（明治22）年、岡山市の造り酒屋の家に生まれる。夏目漱石（なつめそうせき）の門下となり、漱石没後はその全集の編纂にも携わった。随筆集『百鬼園随筆』で文壇での地位を確立。風刺とユーモアの中に人生の深遠をのぞかせる独特の作風で人気を博した。

はおわかりですよね。一九七〇年代後半から八〇年代、バブル前夜のあたりに椎名誠や南伸坊といった人たちが、昭和軽薄体だったか、軽妙でユーモアのある文章で一世を風靡したことがあります。百閒を読んでいますと、ここにその原点を感じます。椎名さんは『あやしい探検隊』シリーズで世界各地の秘境に出かけて釣りをしたりしていますが、内田百閒の「秘境」は、列車内や車窓からの、あるいは身の回りの、ちょっとしたところにあったようです。

題名は秦の始皇帝が建てた宮殿の「阿房宮」にあやかってといいますが、「あほう」そのものが好きと見えます。親交の深かった芥川龍之介の『或阿呆の一生』も意識しているかもしれません。それ以上に影響をうけたのは漱石です。文学少年の彼はずっと漱石に貼り付いている感じ。高等学校時代に書いて漱石に送ったのが『老猫』で、漱石の弟子となって本の校正を何冊も手がけていますし、阿房シリーズの少し前に『贋作吾輩は猫である』を出版しました。

ははん、なるほどと思いますね。本のどこをとっても漱石以上に漱石なのですから。語り手とともに漱石が立ちのぼる。文章に人格（文格）があるとして、漱石の「文格」が百閒に寄り添っているみたいです。

還暦を迎えた百閒のために、その翌年から「摩阿陀会」なる誕生パーティーが開催されるようになったのだが、このネーミングは「まだあの世からお迎えが来ないのかい？」という彼の自虐的なユーモアが反映されたものだ。黒澤明の最後の監督作品となった『まあだだよ』は、百閒を主人公にした映画として知られる。

【豆知識】内田百閒の友人「宮城道雄」

百閒の友人に宮城道雄という盲目の箏曲家・作曲家がいる。演奏旅行で列車によく乗る人であった。急行「銀河」の最後部の、天の川をあしらった列車標識が暗いなかで照明されて輝くことを知り、「見えなくても、そういう汽車に乗っていると思うと、いい気持だ」と言ったと百閒は書く。

この箏曲家は数年後、一九五六年の六月に急行銀河号から転落して東海道線の刈谷で亡くなった。星を見ようとしたのだろうか。この死に百閒は大きな衝撃を受けている。

第六章
暮らしと文化

「吾輩」が見た街なかの風流や生活感、武蔵野や富士の自然美、人の心のあたたかさ。その精髄は日本の風土にかなった文化的なしつらえ、たたずまいにつながるのではないか。谷崎潤一郎が見いだした「陰翳」の語に集約してみたくなる。

1905年（明治38）

吾輩は猫である

猫である「吾輩」の視点から描く
ちょっと奇妙な人間模様

夏目漱石（なつめそうせき）

【あらすじ】

「吾輩」は、中学校教師の珍野苦沙弥の家に飼われている猫。苦沙弥や家に集う友人、門下生などの姿を見て、日々滑稽に思っていた。そんなある日、「吾輩」は人間が飲み残したビールに酩酊し、水がめに落ちて死ぬのだった。

吾輩は猫である 名前はまだない
主人は苦沙弥（くしゃみ）といって教師だそうだ
ガララ
いま帰った
学校から帰ると終日書斎に入ったきりほとんど出てこない
家のものは主人を大変な勉強家だと思っている 当人もそう見せかけている

しかし
勤勉家ではない
Zzz
彼は読みかけの本の上に
よだれを垂らして
昼寝をしていることが
よくある
主人は胃弱である
そのくせ大飯を食う
がっ がっ
そして
食ったあとで必ず
胃薬を飲む
ああ
胃が痛い……
その後
主人はまた書物を広げる
しかし すぐにまた
よだれを垂らす
これが彼の日課だ
教師というのは
実に楽なものだ
人間に生まれたら
教師になるに限る
Zzz
Zzz
こんなに寝ていて
勤まるのなら
猫にでもできるだろう
ふぁ～あ

吾輩はここで始めて人間というものを見た。
しかもあとで聞くとそれは書生という
人間中で一番獰悪(どうあく)な種族であったそうだ。

『吾輩は猫である』を読み解く三つのポイント

まず、この作品は「〝受け売り〟の集大成である」。科学や文学や芸術に関する蘊蓄(うんちく)、当世のあれこれ、主人公苦沙弥(くしゃみ)の周囲で起きるちょっとした事件、個性豊かな来訪者などがユーモア満載で書き連ねられますが、何といっても「蘊蓄(うんちく)」部分が教養階級を中心とした読者を大いに刺激し、歓迎されたのです。ただの受け売りじゃなくて、ずいぶん鮮度の高いものだと思います。漱石が英国留学や豊富な読書経験によって最前線で取り込んだ知識や、寺田寅彦(てらだとらひこ)（水島寒月(みずしまかんげつ)のモデルとされる物理学者）らとの実際の交流による座談や散歩の場で愉しんでいた話題だったのです。

【作家紹介】

夏目漱石(なつめそうせき)

本項の『吾輩は猫である』は、漱石がまだ英語教師だった頃に書かれたもので、雑誌『ホトトギス』に連載された。その誌名は、創刊にたずさわった漱石の親友・正岡子規(まさおかしき)の名にちなみ（子規＝鳥のホトトギスの別名）、東京に拠点を移した際に高浜虚子(たかはまきょし)が発行人となった。本作があまりにも好評を博したため、漱石はその続編、さらに『坊っちゃん』を同誌上で発表。以後は作家として生きていくことを熱望するようになる。なお、『ホトトギス』が本作の発表の場となったことがきっかけで、次第に総合文芸誌の色合いを強め、伊藤左千夫(いとうさちお)の代表作『野菊の墓』が同誌上で発表されたほか、虚子も俳句から小説に転じて『風流懺法(せんぼう)』などを掲載している。のちに当初の俳句雑誌に回帰、現在まで発行され続けている。

二つ目に「漱石は幸いである」。「写生文」の実践として俳句雑誌『ホトトギス』のために書き、好評のため連載することになったのです。俳誌ですから閉鎖的な世界です。江戸時代からの延長線上にある文芸ネタや落語の影響も見える言葉遊びは地に足がついていて、一方で、浪漫主義からも、当時文壇を席巻しつつあった自然主義からも隔離されたことがよかったと私は思います。その後の独自の作家人生を決定的にする文体を築くことができたのですね。

三つ目は「そもそも題名がユニークである」。「アイ・アム・ア・キャット」なのですから。「吾輩は」の「は」は主語をあらわしますが、主題を提示、他との区別といった意味合いもあります。「吾輩といえば……」といったところでしょうか。「吾輩」の意識や行動の仕方は絶え間なく動き、何かに出会うごとに新たに変えられていく。自明な振る舞いをするのではなく、どこまでも不確かな存在であって、「吾輩」はそれを言葉にする世にも稀な猫なのです。

無名なのにキャラの濃いこの「吾輩」、「坊っちゃん」を立て続けに漱石は打ち出したのですから大変なことです。漱石の『こころ』の「先生」も実はその流れかもしれません。どんな固有名詞も勝てないですね。日本文学史上、最強じゃないでしょうか、この三者は。

【登場人物】

吾輩（わがはい）
猫ながら鋭く人間を観察する。文学に精通しているほか哲学的な面もある。

珍野苦沙弥（ちんのくしゃみ）
中学校の英語教師。偏屈で胃弱。さまざまなことに手を出すがすぐ飽きる。

水島寒月（みずしまかんげつ）
苦沙弥の元教え子で理学士。かなりの色男。

【豆知識】吾輩のモデル

『吾輩は猫である』の主人公「吾輩」は、漱石の家に迷い込んだ黒猫をモデルに書かれたと言われている。漱石はこの猫をかわいがっていたようで、明治41年に猫が死んだときには、猫の〝死亡通知〟を友人たちに出し、墓を建てたとされている。ただ、小説と同じように、最後まで猫の名前はなかったらしい。

1898年
（明治31）

武蔵野（むさしの）

自然の中で自己の魂を解放する
武蔵野の愛に満ちた不朽の名作

国木田独歩（くにきだどっぽ）

【あらすじ】

国木田独歩が、半年間にわたり東京近郊を散策し書き上げた自然を中心にした作品。林や野原、水の流れといった風景を美しく表現している。また、古くから日本の美とされた桜、ススキ、松林ではなく、落葉樹に自然美を見出している。

筆者は、文政年間（一八一八年～一八三〇年）にできた武蔵野の地図を見たことがある
そして、実際の武蔵野の姿に興味をもちまだ田畑や山林が残っていた明治当時の武蔵野を訪れた

昔の武蔵野は、萱原（かやはら）の果てなき光景をもって絶世の美を鳴らしていたように言い伝えられているが当時の武蔵野は林であった

主に楢のたぐいが多い林は
明治の武蔵野の特色と言って良い
冬はことごとく落葉し
春は滴るばかりの
新緑が
萌え出づる変化が
秩父山脈以東の
約十数里にわたり
見られた
筆者は
武蔵野を歩く人は
道に迷うことを苦にしては
ならないと語った
どの道でも足の向く方へ行けば
必ずそこに見るべく
聞くべく 感ずるべきものがあった
春夏秋冬朝昼夕夜
月にも 雪にも 風にも
霧にも 霜にも 雨にも 時雨にも
ただこの道を
ぶらぶら歩けば
人々を満足させるものが
あったのである
そして 林と野とがよく入り乱れて
生活と自然とが密接している
武蔵野の美しさを
『武蔵野』 に書き残したのである

月を踏(ふ)んで散歩す、青煙地を這い月光林に砕く

自然を愛し、詩情あふれる作品を書く作家

「近代的日本」の実践者（時流の先頭を行き、新しもの好き）の局面をいくつももっているのが国木田独歩です。

文学を志すといっても簡単にはいきません。生活の糧(かて)を得るために「国民新聞」の記者になり、日清戦争にも従軍しました。

文学につきものの恋バナ（恋の話題）としては、有島武郎(ありしまたけお)の『或る女』の主人公のモデルになった佐々城信子(ささきのぶこ)との熱烈恋愛、離婚。お嬢さん育ちの信子は社交的で洗練されていて、独歩とはクリスチャンであったことも共通しており、あっという間に恋に落ちました。周囲からの、とくに信子の母親が大反対、やっと結婚にこぎつけて神奈川の逗子で新生活をはじめますが、あっという間に破れる。

文学の表現の上で、そして近代の日本人の自然観において、とて

【作家紹介】

国木田(くにきだ) 独歩(どっぽ)

一八七一（明治4）年、千葉県銚子生まれ。徳富蘇峰(とくとみそほう)が創刊した「国民新聞」の新聞記者となり、日清戦争の従軍記者として同紙にルポルタージュを掲載して評判となる。帰国後、佐々城信子と結婚するが、生活感覚の違いや独歩があまりにも理想主義的・独善的すぎたために離婚。詩人・小説家に転じ、田山花袋(たやまかたい)らと創刊した詩集『抒情詩(じょじょうし)』に掲載した『独歩吟』や浪漫的短編集『武蔵野』などを発表。

自然観や自然美の描写は、イギリスの詩人ワーズワースや、ロシアの作家ツルゲーネフに学んだという。のちに運命に翻弄される人々を描く自然主義的作風に転じた。

独歩は再婚したが、『鎌倉夫人』や死後に刊行された『欺(あざむ)かざるの記』に信子との恋の経緯を書いている。

も重要ではないかと私が考えるのが、独歩の「武蔵野の発見」です。一八九六（明治29）年の秋から翌年春まで渋谷村（当時は武蔵野だった！）に転居しました。傷心を癒やす目的だったでしょうけれど、この土地が活力をもたらしたようで、『武蔵野』で独歩は新たな出発をします。詩人としての才能を縦横に生かしながら、※散文家の力量を発揮していくことになります。

風景を見て書くなんて当たり前といまの人たちは思っていますが、これが案外そうではない。類型的であることを厭(いと)わず、古典に描かれた景色や季節の風物を踏襲して書くことを、長いあいだ文学作品はやってきました。絵画の世界も実はそうで、その目で確かめてうつしとる写生は近代的なものです。

「武蔵野に散歩する人は、道に迷うことを苦にしてはならない」。自然に対する観照的な姿勢、身近な自然から何かを見いだすセンスがこの作品から伝わります。それは「歩く」ことで涵養(かんよう)されるのです。北海道でも那須野でもなく、生活と自然が密接にある武蔵野を歩くと詩興(しきょう)を感じると言います。漱石の『こころ』のなかでも先生と「私」が郊外に歩いて出かける場面がありますね。「散歩」の効用です。

【豆知識】大恋愛、大ゴシップ、独歩の妻

一八九五（明治28）年六月、日清戦争に記者として従軍した国木田は、報告慰労会の場で佐々城信子と出会った。二人は、当時としては大恋愛の末に、信子の両親の反対を押し切り結婚した。だが、派手好きな信子は、国木田の質素な暮らしに耐えられなかった。そして結婚生活は、わずか四ヶ月で破局を迎えたのである。離婚ののち、独歩自身は麹町の下宿先の大家の娘さんと再婚するが、信子の行方はいつまでも気にしていたようだ。実は信子は独歩とのあいだの女の子を生んでいた。その後、信子は結婚相手を世話されてアメリカに渡るが、船の事務長と恋愛し、日本に戻ってきてしまう。これが新聞に掲載され、大ゴシップに。世間は作家として名をなしていく独歩のほうに味方し、信子は毒婦という印象が刻まれた。

※散文家…音律や句法にとらわれない文章を書く作家。

1933年（昭和8）

陰翳礼讃（いんえいらいさん）

暗がりのなかに美を求める
日本文化の本質を再評価した随筆

谷崎潤一郎（たにざきじゅんいちろう）

【あらすじ】

雨の多い日本では、大きな庇のある暗い部屋に住むことを余儀なくされた。だが、やがてその陰翳のなかに美を見つけ、逆に陰翳を利用するようになった。西洋文化の進出によって失った陰翳の世界を、せめて文学の領域で取り戻したい。

これは 谷崎潤一郎（たにざきじゅんいちろう）が
陰翳（いんえい）に富む
日本的な美について
論じた随筆である
私は建築については
全くの専門外だが
西洋のゴシック建築というものは
屋根が高く尖っているところに
美があるのだという

しかし 日本の建物の屋根は
庇が作り出す深く広い陰がある
このように 何より屋根という
傘を広げて その陰翳のなかに
家づくりをする
日本家屋は
横なぐりの雨
などさまざまな
事情で庇が長く
なったのだろう
しかし 暗い部屋に住むことを
余儀なくされた我々の祖先は
いつしか陰翳のうちに美を発見し
やがて美の目的に
沿うように陰翳を
利用するに至った
実際 日本座敷の美は 全く陰翳の
濃淡によって生まれているのであり
それ以外の何もない
私は 我々がすでに失いつつある
陰翳の世界を せめて文学の
領域へでも呼び返してみたい
文学という殿堂の庇を深くし
壁を暗くし
見えすぎるものを闇に押し込め
無用の室内装飾をはぎ取ってみたい
まぁ どういう
具合になるか
試しに電灯を
消してみることだ

羊羹（ようかん）の色あいも、
あれを塗り物の菓子器に入れて、
肌の色が辛（かろ）うじて見分けられる
暗がりへ沈めると、ひとしお瞑想的になる。

昼と夜の隔たりが想像力を育てた

昔と今とでは照明、明るさの感覚が全然違うのだと、古典を教えるときには必ず伝えることにしています。古典を著した人も作品に登場する人も、現代社会と比べてはるかに「暗い」生活をしていたのです。街灯もコンビニもないところで夜道を歩くなどということがどれほど危険だったか、月の光がどんなに有難いものだったか。

一九三一（昭和6）年の『恋愛及び色情』の後半で谷崎潤一郎は、「思うに古（いにし）えの人の感じでは、昼と夜とは全く異なった二つの世界だったであろう」と語っています。夜が明けて、日が沈んで、とい

【作家紹介】

谷崎（たにざき）潤一郎（じゅんいちろう）

耽美で美しい文体の小説で知られる谷崎だが、優れた随筆も数多く書き残している。大の地震嫌いだった谷崎は、一九二三（大正12）年に発生した関東大震災に箱根で被災。そのときの様子を、随筆『東京をおもふ』のなかで詳細に記している。この震災がきっかけで関西に移住し、作風もがらりと変わることになる。

本項の『陰翳礼讃』は、谷崎が関西に移住してから書かれたもので、今日とは違った美の感覚を論じている。「もし東洋に西洋とは全然別箇の、独自の科学文明が発達していたならば、どんなにわれわれの社会の有様が今日とは違ったものになっていたであろうか」と問うその内容は、陰翳を認め、陰翳のなかでこそ映える日本独特の風俗・芸術の美しさを説いた、谷崎独特の文化論といえるだろう。

う出来事の間に二つの異なる世界が繰り返される。夜に昼を思うとき、昼に夜を感じるとき、その違いが暮らしに奥行き感をもたらし、昼と夜の隔たりが想像力を育てたのでしょう。

『陰翳礼賛』はこの二年ほどのちに発表されます。私は冒頭から唸らずにはいられません。当時は、純日本風の家屋を建てるときに、「電気や瓦斯や水道等の取付け方に苦心を払い」、調和を求めたとあります。使い勝手や経済的な都合よりも、暮らしの細部にまで美意識を優先する姿勢が見られたのですね。効率がよくて便利で安全なことはいいことに違いありません。でも、それだけでいいのかと踏みとどまる精神的な構えをもっていたいと切に思うのです。

谷崎には『厠のいろいろ』（一九三五年）という文章もあり、おトイレにはとくにこだわっています。廊下をつたっていく厠は外界とつながり、空や月を眺め、青葉の匂い、虫の声、雨の音などを居ながらにして感受できる。薄暗さ、徹底的な清潔さ、静かさを必須の条件とし、「日本の建築の中で、一番風流に出来ているのは厠であるとも言えなくはない」と言います。おかげで気持ちが落ち着き、騒がしい現実をつかの間忘れる。そこで呼吸を整えるわけです。伝統文化にかなったしつらえというのは、心とからだに沁みるようです。

【豆知識】『陰翳礼讃』で論じられた伝統物

西洋とは別の科学文明が発達していたらどんなに社会が違っていただろう。谷崎は『陰翳礼讃』で、さまざまな日本の伝統物を紹介している。

行灯式の電灯でこそ生きる、膳や椀に宿る「闇」を条件にした漆器の美しさ。黒か茶か赤で「闇」が堆積した色が印象に残る。吸い物椀を手にもったとき、掌がうける汁の重みの感覚、生あたたかい温味を谷崎は好み、白っぽい西洋流とくらべ、一種の神秘、禅味とまで言う。

また、羊羹の色は瞑想的だと述べる。玉のように半透明に曇った肌が、奥のほうまで日の光を吸い取って夢見るごときほの明るさ。赤味噌の汁も、昔の薄暗い家で発達したものだろう。たまり醤油や白味噌といったものも闇と調和する。

能の舞台は近代照明にすると魅力を失ってしまう、とも語る。文楽の人形も首だけが目立つのは衣装が闇の一部であって、陰翳の作用が重んじられている。

何でも明るくしてしまう現代の風潮を批判したくなるものである。

1919年
（大正8）

蜜柑（みかん）

みずみずしい橙色の蜜柑が
あたたかみをもって「私」に語りかける

芥川龍之介（あくたがわりゅうのすけ）

【あらすじ】

ある日の夕方、「私」の乗る汽車に13歳ぐらいの娘が乗車した。「私」は、その姿や振る舞いに嫌悪感を抱いた。しばらくすると、娘が窓を開けて蜜柑を外に放り投げた。そこには、娘を見送りに来た弟たちが並んでいた。

ある曇った冬の日暮れである
私は二等客車の隅に腰を下ろしていた
ガタン
ゴトン
向かいには13歳ぐらいの娘が座っていた
ガタン
ゴトン
私にはこの娘の顔立ちや不潔な服装が不快だった
ガタン
ゴトン
私は一切がくだらなくなり死んだように目をつぶってうつらうつらし始めた
ガタン
ゴトン
それから幾分が過ぎただろうか
ぶわっ
気が付くと娘は私の隣に席を移していた
そして列車の窓の戸を下ろした
ガタッ
ゴホ
ゴホ
私は娘を叱りつけてでも窓を閉めさせようとした

だが次の瞬間
心を躍らすばかり暖かな
日の色に染まった蜜柑が
五個　六個
汽車を見送る子どもたちの
上に降ったのである
私はその瞬間に
一切を理解した
おそらく奉公先へ
赴こうとしている娘は
懐にもっていた
蜜柑を投げて
わざわざ見送りにきた
弟たちの労に
報いたのである
私はこのとき初めて
言いようのない疲労と
倦怠とを
そして
不可解な下等な
退屈な人生を
わずかに忘れることが
できたのである

或曇つた冬の日暮である。
私は横須賀発上り二等客車の
隅に腰を下して、
ぼんやり発車の笛を待つてゐた。

蜜柑に込められた意味とは?

『蜘蛛の糸』『杜子春』といった児童向けの短編で芥川龍之介と最初に出会う人が多いでしょう。『トロッコ』もそんな作品で、小田原~熱海間の軽便鉄道敷設の工事現場にまぎれこんだ少年が憧れのトロッコに乗せてもらうのですが、一人で帰ることになる物語。小さな出来事だけれど、主人公にとっては何ものかから突き放されるという大きな事件です。途中の山道に蜜柑畑が出てきまして、冬の日と橙色が溶けあうような印象を私はもっています。芥川龍之介が20代半ばの短い期間に横須賀の海軍機関学校で英語を教えていた

【作家紹介】

芥川 龍之介

辰年辰月辰日（一八九二年3月1日）に生まれたことにちなみ龍之介と命名され、母が精神に異常をきたしたため母の実家である芥川家で養育された。東京帝国大学英文科在学中から創作活動を開始。短編小説『羅生門』で注目され、続いて発表した『鼻』は夏目漱石から激賞される。『今昔物語集』『宇治拾遺物語』などの古典文学から材を取った「王朝もの」と呼ばれる作品を数多く残す。のちに自伝的な作品も発表するようになるが、体調を崩し35歳で自殺。

本項の『蜜柑』は、横須賀駅から汽車に乗った「私」と、故郷から奉公に出た娘との交流を描いている。当時の芥川は執筆のかたわら横須賀海軍機関学校に英語教官として勤務しており、横須賀線で通勤していた芥川自身の車内での体験がもとになっている。

頃、往復の車中でそのイメージを得たのではないでしょうか。

『蜜柑』の主人公は「疲労と倦怠」を抱えて汽車に乗っています。発車まぎわに小娘が「けたたましい日和（ひより）下駄の音」とともに乗り込んでくる。「田舎者らしい娘」「下品な顔だち」「服装が不潔」などと主人公は冷淡で不機嫌。娘が三等の赤切符を握っていることから「二等と三等との区別さへも弁（わきま）へない愚鈍な心」が腹立たしいとまで言います。うつらうつらした彼が「ふと何かに脅（おびや）されたやうな心もちがして」あたりを見回すと、トンネルに入るところで娘が硝子戸（ガラスど）を下ろそうとしている。煤（すす）が車内に立ちこめることも気にせずに。

しかし彼はその直後、汽車がトンネルを出て踏切を通りかかったときに、娘を見送る弟たちが「目白押しに」並んで立っているのを見て、気づくのです。娘が霜焼けの手をのばして勢いよく振ると、「心を躍らすばかり暖な日の色に染まつてゐる蜜柑（みかん）が」……。

このあたりを読むたびに私は涙します。なぜでしょうね。蜜柑を投げるだけの話だと笑っていた中学生がいましたが、確かにそう。イタリアでしたか、オレンジ祭りというのがあるそうですね。それを思い出します。この作品も小さいけれど鮮やかな祝祭の場面を描いています。蜜柑を介して生きてここにある喜びを分かち合うのです。

【登場人物】

私

主人公。汽車で乗り合わせた下品で不潔な、いかにも田舎者らしい娘に嫌悪感を抱く。だが、娘が、見送りに来た弟たちに向かって車窓から蜜柑を投げる姿を見て、わずかに退屈な人生を忘れることができた。

娘

13歳ぐらい。奉公へ向かう汽車のなかで「私」と乗り合わせる。乗車してから間もなく、煤が車内に入ることも気にせずに窓を開け、見送りに来た弟たちを労うためにもっていた蜜柑を投げる。

【豆知識】赤切符は三等車

物語は、主人公の乗っていた車両に「赤切符」をもった少女が乗ってくるところから始まる。かつて、車両には三つの等級があり、車体やシートの色により厳密に区別されていた。三等車の色は赤。少女のもっていた赤の切符は、三等乗車券だったのだ。

1939年（昭和14）

富嶽百景（ふがくひゃっけい）

東京で傷ついた主人公が井伏鱒二を訪ねる 情緒的で幸福な私小説

太宰治（だざいおさむ）

【あらすじ】

昭和13年の初秋、「私」は見合いをした。お嬢さんの家には富士山の写真があり、それを見たときなぜか結婚を決意した。その後、「私」の金銭的な問題で頓挫しかかったものの、お嬢さんやその母親の厚意もあり無事に結婚が決まったのだった。

一九三八（昭和13）年の初秋 私は 鞄ひとつ さげて旅に出た
プシュー
御坂峠（みさかとうげ）でお会いした井伏鱒二（いぶせますじ）氏に連れられ
甲府に住む お嬢さんと 見合いをした
おや 富士だ
おお・・・
？
私は

なぜか
このとき
多少困難があっても
この人と結婚したい
と思った
ちらっ
ニコッ
あの富士は
ありがた
かった
その後
私の金銭的な問題で
この話は頓挫しかかった
しかし
娘に対する
愛情と
あなたの
職業に対する
熱意さえ
お持ちなら
結構でございます
お嬢さんの母
ジーン
私は
お辞儀をするのも忘れ
呆然としていた
目の熱いのを意識した
・・・
どうです？
結婚する前にもう少し
交際してみますか？
いいえ
もう充分です

あの月見草は、よかつた。
富士には、月見草がよく似合ふ。

古典文学を愛する太宰の表現

太宰治について、古典的といえるほどの、日本文芸の正統的な継承者の筆頭なのではないかと私は思っています。驚くでしょうか。一九三八（昭和13）年に文学と人生双方の再出発を図ろうと、主人公の「私」は「富士三景の一つ」を望む山梨・御坂峠（みさかとうげ）の頂上にある天下茶屋に滞在します。富士山といえば日本のシンボルであり、歌枕のなかの歌枕、『万葉集』や『竹取物語』にも出てきますね。

連想のままに語ってだらだらと進展し、何が言いたいのかつかめない構成。冒頭で富士の頂角に関して浮世絵師やエッフェル塔を引き合いに出し、東京のアパートから見る富士を「クリスマスの飾り菓子」、おあつらいむきの富士を「風呂屋のペンキ画」「芝居の書割り」といい、富士見西行（ふじみさいぎょう）に能因法師（のういんほうし）、モーパッサンに道成寺（どうじょうじ）、維新

【作家紹介】

太宰（だざい） 治（おさむ）

本名は津島修治（つしましゅうじ）。一九〇九（明治42）年、青森県金木村（かなぎむら）（現在の五所川原市金木町）の大地主の家に生まれる。東京帝国大学仏文科に進学するが、資産家の子という自らの出身階級に疑問を抱き、共産主義に傾倒して左翼運動に身を投じて挫折。女給と江の島で心中をはかるが、女給だけ死亡して自分だけ助かる。この心中未遂を含め、太宰は生涯に四回も自殺未遂事件を起こしている。小説家になるために、かねてから敬愛していた井伏鱒二（いぶせますじ）に師事し、短編『列車』で文壇デビュー。続いて『道化の華』『逆行』を発表する。四度目の自殺（心中）未遂の後、井伏の世話で石原美知子と結婚。以後は精神的に安定を取り戻し、創作意欲もさかんになった太宰は、本項の『富嶽百景』や『走れメロス』などの優れた短編を書いている。

の志士や鞍馬天狗も登場させて妙に忙しい。最も有名な場面では富士山を月見草と取り合わせ、幻想的な月夜あり、紅葉あり、雪まで降らせて、おまけに自分の結婚話も絡めている。師匠の井伏鱒二（いぶせますじ）や文壇の大御所佐藤春夫（さとうはるお）の名を出すのもおかまいなし。パノラマ台の老爺と老婆、天下茶屋のおかみさん母娘、タイピスト。老若男女、古今東西入り乱れての自由自在なこと、まるでデパートのよう。自らの世界観だの文学の新しさだのとゴタクを並べていますが、この何でもありの森羅万象こそ面白い。和歌から連歌を経て江戸時代に俳諧連句として結実した日本の文芸の特徴を踏まえているのです。

井伏氏に伴われて甲府を訪ね、見合い相手と初めて会ったときに、太宰の分身の「私」は彼女の顔をまともに見ることができない。長押（なげし）に掛けられた富士山頂大噴火口の写真を見て、からだを捻じ戻すときに彼女を「ちらと」見て結婚したいと思うのです。物のすきまからこっそり見て恋がはじまる「垣間見（かいまみ）」が古典文学にはよくありますが、まさにそれです。恋に落ちるのに時間はかかりません。太宰は実人生でも、そのモデルとなった東京女子高等師範学校（現在のお茶の水女子大学）出身の才女石原美知子（いしはらみちこ）さんとスピード婚を果たすのです。

【登場人物】

私
天下茶屋に滞在し、井伏鱒二氏に連れられ見合い。純粋で照れ性な面がある。

お嬢さん
「私」と同じく純粋な娘。「私」とお見合いをして、後に妻となる。

お嬢さんの母
「私」の経済的な困窮を知りつつも、温かな言葉をかけ結婚を承認する。

【豆知識】太宰の結婚誓約書

『富嶽百景』は、自伝的要素の強い作品として有名である。実際太宰は、物語と同じく井伏鱒二の仲人で石原美知子と結婚した。

このとき太宰は、「結婚誓約書」なる書簡を井伏に提出。「ふたたび私が、破婚を繰り返したときには、私を、完全の狂人として、棄ててください」と記し、美知子への愛を誓った。

1926年（大正15）

旅情と純粋な恋愛感情を描いた
叙情豊かなご当地小説

伊豆の踊子（いずのおどりこ）

川端康成（かわばたやすなり）

【あらすじ】

孤児根性で歪んでいる自分に悩んでいた「私」は、旅の途中で出会った若い踊子に恋をする。そして、踊子や旅芸人一家と触れ合うなかで次第に心がほぐされていく。だが、旅費がつき踊子と別れると、「私」は一人泣くのであった。

孤児根性で
歪んでいる
自分自身に
苦悩していた私は
一人旅で訪れた
旅の途中で
若い踊子と出会い
好意を寄せていた
どうぞ
あ
ええ……
私はその後
踊子の向かいの
宿に泊まった
すると
踊子の泊まった
宿から宴席の
音が聞こえて
きた
もしかすると
この太鼓の音は
彼女が叩いて
いるのかも
しれないな……
そう思うと
私の胸も
弾むようだった
だが
その音が止むと
今度は
その静けさが
悩ましかった

まさか
いま頃彼女の夜が
汚されているんじゃ
実際は踊子は
あまりに子どもであり
そのようなことはなかった
やがて
私の旅費が
底をつき
東京へ
帰らざるを
得なくなった
私は涙を
出委(でまか)せにしていた
その後には
何も残らないような
甘い快さだった

完璧に近い舞台「伊豆」

土地の風土や文化、言葉、気性などと切り離せない、いわば「ご当地」ものが文学には結構あります。『坊っちゃん』は道後温泉のある愛媛・松山がおもな舞台ですし、志賀直哉（しがなおや）の『城の崎（きのさき）にて』なら兵庫・城崎温泉。川端のこの作品は題名からしてご当地ものです。三作品を並べると、温泉地ものというジャンルができますね。

文学史のテストで「逗子（ずし）の踊子」という解答があって、大いに笑ったものでした。「能登の」「銚子の」なんて置き換えてみますが、伊豆という土地がやはり似合います。題名があまりにも有名だから、そのイメージから逃れられないという面もあると思います。一九一八（大正7）年、第一高等学校に入学した翌年、川端ははじめて伊豆を旅しました。東京との適度な距離感といい、鎌倉幕府の成り立ちを考えたりしたときの京の都とのつながりといい、海、山、川がほどよく調和する自然の豊かさといい、完璧に近い舞台です。

伊豆の地を旅する一高の学生が、天城峠（あまぎとうげ）近くで踊子のいる旅芸人の一行と出会って数日を過ごすことになる。ちんどん屋さんとかについていってしまう子どもっていますよね、あの感じ。にわか仕立

【作家紹介】

川端康成（かわばたやすなり）

一八九九（明治32）年、大阪市生まれ。幼い頃に両親と死別したため父方の祖父母に育てられるが、その祖父母も、さらに姉も相次いで死去したため天涯孤独の身となる。

菊池寛（きくちかん）に才能を認められ、『伊豆の踊子』で一躍文壇の寵児となる。大正時代末期から昭和初期にかけての文学の潮流として「プロレタリア文学」と「新感覚派」があげられるが、川端が横光利一（よこみつりいち）らとともに同人雑誌『文芸時代』を創刊して始めたのが後者の新感覚派運動である。川端は同誌の廃刊後も独自の美意識を貫き、『雪国』『山の音』『古都』など、日本の伝統美や日本人独特の感性を純粋に描いた数々の名作を書き上げた。一九六八（昭和43）年、日本人で初となるノーベル文学賞を受賞するが、その四年後に自らの命を絶つ。

てのツアーみたいなものです。父母に早くに先立たれ、祖父母や姉も亡くなり、親戚に遠慮しつつ成績は優秀という川端の分身の「私」は、旅芸人の家族的で温かい関係をうらやましく思うのですね。

眼の作家・川端康成

「私」は旅芸人の一行と二度すれちがっていて、三度めで踊子を強く意識します。そこからが物語となるのです。恋のステップとして、これはわるくない。ただ、女性のとらえ方には硬さが感じられる場面もあります。川端の「眼」が具体的に語らず、踊子の「情緒的な寝姿」なんて書いているのです。

その代わりといっては何ですが、「眼」が貪欲に追うのは伊豆の自然、とりわけ水の光景です。主役が伊豆という土地ではないかと思えるぐらい。踊子のいる宴席の様子に「私」が心を悩ませた翌朝、湯に出かけて川向うの共同湯に踊子の裸身を見とめます。「私は心に清水を感じ、ほうっと深い息を吐いてから、ことことと笑った」。「私」の身体に注がれた水が踊子や周囲の水と共鳴するかのようです。水をたどる旅の最後に下田に着き、学生は踊子と別れねばならない。船が港を離れることがそれを象徴的に表すのです。

【登場人物】

私
踊子との旅のあと、どんな親切も受け入れられる素直な気持ちになる。

踊子（薫）
旅芸人一家の娘。一家が娘盛りを装わせているが、実はまだ幼い子どもである。

栄吉
踊子の実の兄。「私」と過ごすなかで、次第に友情が芽生えていく。

【豆知識】ノーベル文学賞で世界的に評価

川端康成といえば、日本人初のノーベル文学賞受賞者としても有名である。日本人の心、日本の美を伝える作品が評価され、受賞記念講演「美しい日本の私」もよく知られている。ノーベル賞は、ダイナマイトを発明したノーベルの遺産で創設された。ダイナマイトと文学は無関係のように思えるが、ノーベルが文学を好んだことから作られた。

第七章
ファンタジー、異世界

国語教科書の人気教材には、人間以外のものがよく登場する。『山月記』の虎にしても『山椒魚』にしても、へんなものたちが妙にいとおしく共感できて、感情移入してしまう。読み込むこと自体が心躍る経験。忘れられない教材となる。

のしっ

1908年
（明治41）

夢十夜（ゆめじゅうや）

幻想美と奇妙な世界観をとことん味わえる十の不思議な夢の世界

夏目漱石
（なつめそうせき）

【あらすじ】
こんな夢を見た。女は死ぬ間際、「百年後にまた逢いにくるから、天から落ちてくる星の破片を墓標において待っていてほしい」と言った。女の死後、言われた通りに待っていると、墓から真っ白な百合の茎が伸びてきた。（第一夜より）

第一夜

腕組みして枕元に座っていると
女が静かな声で言った
もう死にます
女は長い髪を枕に敷いて
輪郭のやわらかな瓜実顔（うりざねがお）を
その中に横たえていた
死んだら埋めてください
大きな真珠貝で掘って
真白な頬の底に温かい
血の色が程よく差して唇の色は無論赤い
うむ……
こんな女が死ぬものかな
そして天から落ちてくる星の破片を墓標において墓のそばで待っていてください
百年後にまた逢いに来ますから

女が死んだあと
庭へ下りて真珠貝で穴を掘った
女を埋めたあと
星の破片を拾ってきて
土の上へ乗せた
だが赤い日が
頭上を通り越して行っても
百年はまだ来ない
そのうちに
こう思うようになった
もしかすると
女にだまされたのでは
なかろうか……
だが そのときだった……
墓から
真白な
百合が……
あぁ
百年は
もう来ていたんだな

こんな夢を見た。
腕組をして枕元に坐(すわ)っていると、
仰向(あおむき)に寝た女が、静かな声で
もう死にますと云(い)う。

つじつまや常識とかけ離れた物語

これまで何日生きてきたか考えたことはありますか。大ざっぱに見て10歳なら三千五百日、30歳だと一万日、60歳で二万日。それだけの日数を生きたということは、同じ数だけ夜を過ごしたことになります。何かに没入している時期であれば、ぐっすり寝てしまうものですが、眠れないことが続く場合もあります。暗闇で目が覚めて何時間も過ごすときの、自分が自分でないような違和感。眠りの手応えがないと、夜の重みが胃にもたれるように翌日にまで影響します。

漱石が朝日新聞社に入社（専属の作家として新聞小説を書くため

【第二夜〜第十夜のあらすじ】

第二夜　和尚から悟れぬはずはないと言われ、じっと我慢してたたかう侍。

第三夜　子どもを背負っているうちに重くなり、自分が殺した盲目だと気づく。

第四夜　酒を飲んでいた爺さんがまっすぐに歩きはじめ、やがて見えなくなる。

第五夜　捕虜になる志を覚悟した男が、恋しい女を思うが結局は逢えない。

第六夜　運慶(うんけい)が明治時代なのに護国寺で仁王を彫っているのはどういうことだ。

第七夜　大きな船に乗っていたところ、つまらなくなって海に飛び込んでしまう。

第八夜　床屋で刈られているあいだに鏡に映る往来の人々や物売りの様子。

第九夜　夫の帰りを待ってお百度参りをする妻、そばにいる子ども。だが夫は。

第十夜　第八夜に出てくるパナマ帽の庄太郎が女の顔に感心し、その女について行くと絶壁に出て、豚と格闘するはめになり、ついに倒れてしまう。

で、記者ではありません）したのは一九〇七（明治40）年。第一作『虞美人草（ぐびじんそう）』と『三四郎』の連載のあいだに、小品『文鳥』や『夢十夜』などを書きました。「こんな夢を見た」の書き出しはよく知られるところですね。つじつまや常識とかけ離れた物語ですから、読んでいるときは一応たどっていても、読み終わるとすぐさまぼんやりしてきて思い出せなくなる。夢を見たのと似た感じです。

なんと言っても第一夜が印象に残ります。夢だと百年ぐらい軽く経ってしまう。百年越しで思い続け、あちらの世界でようやく一緒になれるなんて、本当に泣きたくなりますね。秘めた恋がどれほど純粋で、互いの存在を深く求めたとしても、現世で結ばれることがなかったら、その真実を夢で確かめるしか術（すべ）がないのでしょうか。

このあと漱石は作品を次々と世に送り出します。新聞社と契約して「書かされる」ので、自分のペースで進められるのではありません。職業として作家の道を選んだ以上は覚悟していたはずですが、なかなか書けずに胃が重くなったり痛くなったりしたでしょうね。寝ても覚めても、無意識のうちにも作品のイメージを描いて構想する。私は『夢十夜』を、その後の作品群に向かう漱石にとって、創作のモチーフが胚胎（はいたい）する「明け方の夢」と捉えたいと思っています。

【登場人物】

私
女が死んでから、百年ものあいだ、女に再び会えるのを信じて待っている。

女
瓜実顔の黒目がちな女。「私」を置いて死んでしまう。

【豆知識】漱石作品の位置づけ

漱石の創作期間は、作家と教職の二足の草鞋（わらじ）をはいていた『吾輩は猫である』『坊っちゃん』の時代、朝日新聞社に入社して『三四郎』『それから』『門』の「前期三部作」を書いた時代、大病を経て『彼岸過迄（ひがんすぎまで）』『行人（こうじん）』『こころ』の「後期三部作」を書いた時代の三つに大別される。漱石が朝日新聞社に入社した年に書かれた本項の『夢十夜』は、職業作家としての漱石のまさに〝夢〟の見始めと言えるだろう。

1929年（昭和4）

山椒魚（さんしょううお）

ラストシーンはさまざまな解釈ができる
山椒魚の悲嘆をユーモアたっぷりに描いた作品

井伏鱒二（いぶせますじ）

【あらすじ】

山椒魚は棲みかの岩屋に二年もいるうちに、体が成長し外へ出られなくなってしまった。ある日一匹の蛙が迷い込んで来ると、自分と同じく出られないよう閉じ込めてしまう。その後、二年もの間、両者は対立するが……。

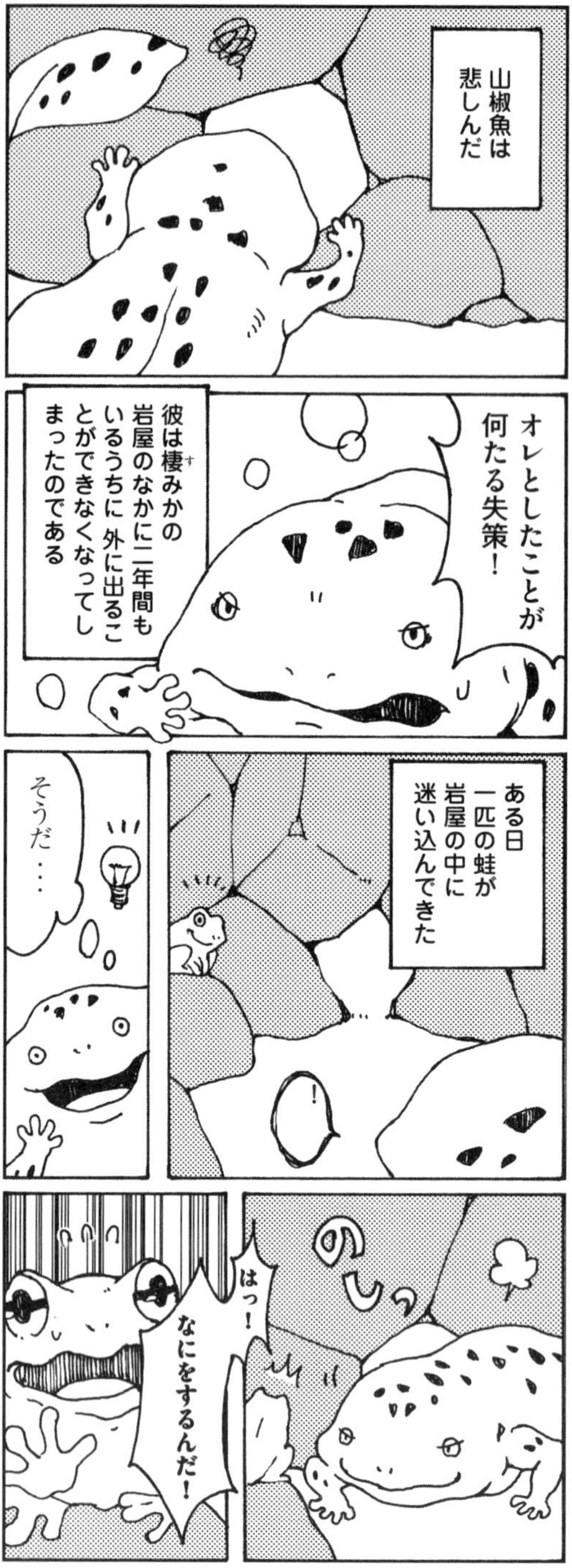
山椒魚は悲しんだ
オレとしたことが何たる失策！
彼は棲みかの岩屋のなかに二年間もいるうちに 外に出ることができなくなってしまったのである
ある日一匹の蛙が岩屋の中に迷い込んできた
！
そうだ・・・
のしっ
はっ！
なにをするんだ！

わっはっは!
一生涯ここに閉じ込めてやる!
ガーン
彼は蛙を自分と同じ境遇にしてやることが痛快だった
そして彼らは激しい口論を始めた
お前はバカだ!
お前こそバカだ!
――― 二年後 ―――
シーン
両者はやがて黙り込みお互いに自分の嘆息が
相手に聞こえないように注意するようになった
しかし
蛙がついに大きな嘆息をもらした
あああああ
!!
お前大きな息をしたろう
もうそこから降りて来い
空腹で動けない
どうやらダメなようだ
お前はいまなにを考えている?
いまでも別に
お前のことを怒ってはいないんだ

「出て行こうと行くまいと、こちらの勝手だ」
「よろしい、いつまでも勝手にしていろ」
「お前は莫迦（ばか）だ」

誰かを囚人にすること、囚人にされること

山椒魚は体が発育したせいで岩屋から出られなくなります。頭が「出入り口を塞ぐコロップ（コルク）の栓」だという表現には滑稽味がありますが、「何たる失策であることか！」と思い、「俺にも相当な考えがあるんだ」と意地を見せる。しかし、考えなどなくて、岩屋から「のぞき見」に打ち込むのです。

密生する杉苔や銭苔。山椒魚は岩屋から出ようと決意し、二度ばかり突撃しますが、結局出られないことを知るのです。そこで「ああ神様！」と、嘆きというより発狂。がまんがならない、解放されたい、どうして私だけが……。このあたりはとくに寓意的（ぐういてき）（何かをほのめか

【作家紹介】

井伏鱒二（いぶせますじ）

本項の『山椒魚』は、井伏の処女作（ただし井伏本人は、処女作ではなく「最初に発表した作品」としている）で代表作の一つだが、作者によって何度も改訂が加えられた作品としても知られている。本作は、井伏が早稲田大学文学部在学中に執筆した『幽閉』という短編が原形となっている。それから六年後、すでに文壇で地位を築いていた井伏は、『幽閉』を全面改稿のうえ『山椒魚』に改題して再発表。さらに児童向けの学習雑誌にも、わかりやすい文体で書き直した『山椒魚』を連載している。

後年『井伏鱒二自選全集』が刊行される際、井伏は『山椒魚』の結末部分を削除して収録した。この期に及んでの改訂は文壇でも大きな反響を呼んだが、井伏自身も本作の改訂については晩年まで迷いがあったようである。

していよう）です。最大限に力を尽くしたのにどうにもならない状況におかれてしまったときや、とんでもない事態に巻き込まれたことに突如気づいたときに発する叫び！　山椒魚が目を閉じると、深淵（しんえん）の深さや広さを言い当てられないほどの巨大な暗やみが。

　そこに一匹の蛙が入ってくると、外に出られないように山椒魚は閉じ込めてしまうのです。最初は両者で「お前は莫迦（ばか）だ」と口論、二年後には「二個の生物」は互いに黙り込んでいる。おしまい。

　そのあと、蛙が嘆息をもらしたことをきっかけに、山椒魚が「もう駄目なようか」と尋ね、和解する結末があったのですが、一九八五年に自選全集を編集する際に井伏自身が削除してしまいました。

　人はみすみす「囚人」となって平然とふるまうことがあります。学生であれば何らかの資格をとりたい、目指す仕事に就きたいといったときに、それに固執して視野を狭くしてしまう。待遇のよい仕事をもつ人ならば「囚人」であることにすら気づかない。

　閉じ込められた蛙が岩屋の凹みに入って以降、「蛙」という語は出てきません。山椒魚は一年やそこら食べ物を摂らなくても生きていけるようですが、蛙はそうはいかない。とすると、最後の場面は山椒魚の内面の声なのかもしれません。徹底した孤独があるのみです。

【登場人物】

山椒魚
岩屋から出られなくなった絶望と孤独感から、意地の悪い「悪党」となる。

蛙
岩屋に迷い込み、山椒魚の嫌がらせにあい出られなくなってしまう。

小蝦（こえび）
蛙の前に岩屋に迷い込む。山椒魚を岩石と間違え卵を産みつけたことに狼狽。

【豆知識】日本中の釣り場をめぐった井伏

井伏鱒二といえば、大の釣り好き作家としても有名。それは、本名の「満寿二」を筆名の「鱒二」に変えてしまったことからもよくわかる。釣りに関する本も執筆し、日本中の釣り場をめぐったときのエピソードを、旅情あふれるタッチで綴った。また二〇一四年には、釣りざおなどが「ふくやま文学館」で展示されることとなった。

1942年
（昭和17）

山月記（さんげつき）

人間の体を失った男が明かす後悔
家族を置いて彼はどこへ向かうのか

中島敦
（なかじまあつし）

【あらすじ】

元エリート官吏の李徴は、自分を呼ぶ声に誘われて走り出すと、いつしか虎になっていた。一年後、李徴はかつての親友の袁傪に出会った。李徴は、「妻子に、李徴は死んだと伝えてくれ」と袁傪に言い残し、月に向かって吠えるのだった。

詩家としての才能に
絶望した元エリート
官吏　李徴（りちょう）――
地方官吏としての公用で旅に出た際
自分の名を呼ぶ声に誘われて
走り出すと いつしか
その姿は虎に変わっていた

虎として
生きるようになってから
一年後のある日
李徴はかつての親友
袁傪（えんさん）に出会った
おれが
なぜこんな姿に
なってしまったのか……
実は心当たりがあるのだ

まだ人間の姿だったころ
おれは他人と関わることを避けた
それは おれ自身のなかに
臆病な自尊心と尊大な羞恥心が
あったからだ
だが
そんな猛獣のごとき
自分の心のために
妻子や友人を傷つけ
ついには おれ自身の
姿までも虎に変えて
しまったのだ……!!
袁傪(えんさん) 頼みがある
『おれは死んだ』と
妻子に伝えてくれ……
がるおおおおおおおおお!!
これ以降
李徴は二度と姿を
見せなかった

李徴が虎になった理由を考える

短編は殊に、ぐいぐい引き込まれる「はじまり方」をする作品が多い。なかでも『山月記』は惚れ惚れするような冒頭だと思います。漢語の羅列が堅苦しいとか、そんなふうに感じるものなのですが、この作品ではむしろ心地よい。教科書では最初の見開きページに語釈がずらっと並んでいて、生徒たちは少しとまどうものの、高校二年生の頃に読みますので、「漢字ばかり」はかえってよい効果をもたらします。大人の世界に足を踏み入れる感じがいいんです。

主人公李徴が行方不明になった翌年、その最も親しい友だった袁傪が出張の旅の途上で朝暗いうちに出発しようとすると、先の道に人喰虎が出るから白昼でなければ通れないと言われる。だが、そこを押して出かける。すると「一匹の猛虎が叢の中から躍り出た」。袁傪に躍りかかると見えた虎は叢に隠れ、人間の声で繰返し「あぶないところだった」と呟くのです。私は何度読んでも、登場の場面で（姿は見えず）こんなふうに呟く虎がいとおしくなります。

李徴の告白のあと、二人の対談がはじまります。語りの中心は叢から聞こえる李徴の声、つまり虎。恐怖を忘れた袁傪と同じように

【作家紹介】

中島敦

一九〇九（明治42）年、中学校の漢文教師の家に生まれる。祖父や伯父も漢学者であったため、中国の古典に通じていた。東京帝国大学国文科を卒業後、横浜高等女学校の教師として勤務。その後教職を辞し、当時日本の委任統治領だったパラオへ国語編集書記として赴任する。

本項の『山月記』は、中国の唐代に書かれた説話『人虎伝』をモチーフにした短編小説。パラオに赴く直前に親友である小説家の深田久弥に託したもので、深田の推薦により文芸雑誌『文学界』に掲載され、中島のデビュー作となった。『山月記』は各方面から好評を博し、さらなる活躍が期待されたが、気管支喘息を悪化させ33歳の若さで急逝。中島の死後に発表された歴史小説『李陵』も、古代中国の武将・李陵の悲劇を描いた傑作である。

読者も「超自然の怪異」をいつの間にか受け入れてしまう。漢語も減っていて読みやすくなり、実に巧みです。

「叢中（そうちゅう）の声」は袁傪に自らの記憶に残る詩を三十数篇託したあと、即興の詩を詠みます。やがて別れを告げなければならなくなったとき、「我が妻子のこと」を頼むのです。家族のことを犠牲にしてきた落とし前を自分でつけようとでもいうのでしょうか。「己（おれ）は既に死んだ」と家族に伝えて、「今日のことだけは明かさないで欲しい」と言うのです。

自分を自分で消してしまう……このことのさびしさ、せつなさといったらない、と私は思います。詩を託す場面と最後の別れの場面のあいだに、こんな運命になったこととして思い当たるのは、「臆病な自尊心」「尊大な羞恥心」のせいだとしています。人間は猛獣使いであって、その猛獣に当たるのが各人の性情。その猛獣、虎が自分を損ない、外形まで変えてしまった、と。

虎になってしまった自分を、まっとうな人間世界に住む家族の前から抹消することの意味は？　自分のなかから「虎」を追い出し、あるいは「虎」をひそかに抱え込んだまま、家族のもとに無事に帰還する道もあったのでは、なんて思ってしまいます。

【登場人物】

李徴（りちょう）

才知に優れ、若くして科挙に合格。科挙とは、中国で行われていた官僚登用試験。江南の治安にあたる役に就くが、自らの待遇に不満をもち退職。その後、行方不明となる。

袁傪（えんさん）

李徴の親友。人食い虎となった李徴と言葉を交わした唯一の人物。李徴の詩を後世に伝えるために、部下に書きとらせる。

【豆知識】虎になる理由の違い

『山月記』は、中島敦が中国の古典『人虎伝（じんこでん）』に着想を得て書いた作品である。『人虎伝』は、愛人との関係を邪魔された主人公が、愛人の家族を焼き殺し、その報いとして虎になってしまう物語。だが、中島は人間の内面にこそ虎になってしまう理由があるのだと考えた。

1923年（大正12）

蝿（はえ）

ちっぽけに見える蝿のような生き物でも
実は人間よりも生きやすいのかもしれない

横光利一（よこみつりいち）

【あらすじ】

宿場の厩には、馬の背中に乗る目の大きな蝿がいた。同じ頃、それぞれに事情を抱えた人々が、馬車に乗るために宿場に集まってきた。やがて馬車は出発するが、事故を起こし崖の底へ。蝿だけが悠々と青空に飛んで行ったのだった。

蝿から教えてもらうこと

横光利一の父は大分生まれ、建設関係で鉄道の工事などを請け負っていました。母は三重の出身で松尾姓といいますから俳人芭蕉の流れでしょうか。利一本人の生地は福島・会津、その後に千葉、東京、広島、滋賀と転々とします。いわば転勤族のハシリで、このノマド（遊牧民）性が特徴なき特徴といえそうですね。作家の出自や経歴が文学性にどう影響したのかというような作家論を拒絶するところがある。作品そのもの、文体そのもので見てくれというような。

『蝿』は短い十章からなる作品。緩急とりまぜて全体としてはテン

【作家紹介】

横光利一（よこみつりいち）

一八九八（明治31）年生まれ。早稲田大学英文科在学中に文学に傾倒して執筆活動を開始。同大を中退後は菊池寛（きくちかん）に師事し、『蝿』『日輪（にちりん）』などを発表して文壇デビュー。また川端康成（かわばたやすなり）、今東光（こんとうこう）らと同人雑誌『文芸時代』を創刊し、新感覚派の代表的作家として注目された。このほかの

ポよく、宿場で馬車待ちをする人々が次から次に紹介されます。息子の危篤の知らせに慌てる農婦は、馬車の出発を待っています。「知れたらどうしよう」と訳ありなやり取りをする娘と若者、母の手に引かれる男の子、それから田舎紳士があらわれます。馭者（ぎょしゃ）は将棋をうっている。馬車に乗るときに「蒸し立て」の饅頭を一つ携えることが彼の習慣です。冒頭から最後まで一貫しているのが「眼の大きな一疋（いっぴき）の蝿」。蜘蛛の巣に引っかかっていたのですが、「豆のように」落ちて、這いのぼって馬車のお客になるのです。

馬車が崖から落ちてしまう結末にハッとさせられますね。一分後のことだって知り得ないのが私たちです。気づいたときにはもう遅いのです。過去の出来事を意味づけたり、自分のおかれた状況や関係を把握しようとして、打開策を考えて次の言動でこうしようともがくわけですが、結果的にまた、しまった！　という振る舞いをしかねない。目論みは妄想と錯誤にすぎなかったのかと。

一歩身を外側に投げ出してながめてみる。この作品の蝿のように飛び立ってしまうこと、その場を離れてしまうこと、つまり外側からの視点をもつことが、ときには必要なのではないかと思うのです。「蝿」から教わる視点ですね。

代表作に、新感覚派文学の集大成とされる『上海（シャンハイ）』、町工場の人間模様を実験的な手法で描いた『機械』、純文学と通俗小説との融合を唱えた評論『純粋小説論』などがある。

さらに欧州歴訪の体験をもとにした大作『旅愁』の執筆にとりかかるが、急性腹膜炎により50歳で死去、未完のまま終わった。

【登場人物】

蝿
目の大きな蝿。馬の背中に乗ったまま宿場の外に出る。事故が起きると、悠々と空に逃げた。

馭者（ぎょしゃ）
馬を繰り、馬車を走らせる人。出発の直前に饅頭で腹を満たしたために居眠りをし、馬車で事故を起こす。

【豆知識】新感覚派

新感覚派とは、関東大震災後のモダン都市文化を基盤とする感覚の斬新さが「新感覚派の誕生」と評されたことに由来する。

第八章 推理と怪奇

『こころ』をはじめ、近代文学には謎めいた作品が多い。この章の作品は読み応えがあり、個性的な短編として光るものばかり。不思議さに満ちた読後感が快感になる。ありえないことの中に人間の真実が隠されている。作家の想像力に脱帽するしかない。

1922年（大正11）

藪の中

誰が本当のことを言っているのか？
流行語まで生まれた近代文学きっての怪奇小説

芥川龍之介（あくたがわりゅうのすけ）

【あらすじ】

藪の中で男の刺殺体が見つかった。まもなく捕縛された盗人の多襄丸は、男の殺害を自供。だが、男の妻の証言や巫女に乗り移った男の亡霊の証言は、これとは全く違うものだった。犯人はいったい誰なのか。真相はいまも藪の中である。

藪の中である男の刺殺体が見つかった
証言によれば 男の名は若狭の国府の侍 金沢の武弘
遺留品は一筋の縄と女物の櫛
刀などの凶器は見つかっていない
殺人の前日
男と馬に乗った女が目撃されているが事件後は女も馬も見つかっていない
まもなく盗人多襄丸が捕縛された
だが事件は解決しなかった
あの男を殺したのは私です
でも女は殺していません

どこへ行ったか？
それはわかりません
男を殺すつもりはありませんでした
しかし女に請われ男を殺したのです
一方 清水寺で懺悔する女の姿があった
私は手籠にかけられたあと
夫の目に私を蔑んだ冷たい光を見ました
あの目を思い出すと
いまでも身が震えます
そして私の恥を見た夫と一緒に死ぬ覚悟を決め
私は夫の胸にずぶりと小刀を刺したのです
そのころ巫女の口を借りて語る死霊の姿があった
二人がいなくなったあと
おれは妻が落としていった小刀を手にとると自分の胸を一突きした
すると誰かが近づいてきた
その誰かは
おれの胸から小刀を抜いた同時におれの口の中にはもう一度血潮が溢れてきた
おれはそれきり永久に中有の闇へ沈んでしまった
食い違うそれぞれの証言
いったい誰が男を殺したのか
真相はいまも藪の中である

登場人物の価値観、解釈の違いに注目

透明人間になって、自分のからだをあらわさずに、クラスや職場に身をおいてみたいと思ったことはありませんか。私のいない状態で周囲の人たちが何を話し、どんなふうにふるまっているか。

生きているということは、ある場所を占めていることです。クラスで誰かが休んだりすると、それだけで空気の流れが変わりますし、集団としての力にも違いが出てきます。いろいろな背景をもってそこにいながら、他のメンバーとの関係を複雑に切り結んでいること自体が、一人一人のかけがえのなさなのかもしれません。かけがえのなさが先行するわけではないのです。でも、その煩わしさ、痛さみたいなものから解放されたいと私たちはどこかで思っている。小説や劇をつくったり、読んだり観たりして、描かれる世界の外側に作者や読者・観客としていることはその一つの発露なのではないでしょうか。書くにも劇をやるにも人間関係のごたごたや煩悶はありますが、できた世界は超然とおかれる。印刷されて作家は小説から解放される。芥川はその解放感をことのほか確かめたい人だったのではないかと思うのです。

【作家紹介】

芥川龍之介

本項の『藪の中』は、『今昔物語集』や『宇治拾遺物語』などを下敷きにした芥川の「王朝もの」と呼ばれる作品では最後のもので、『今昔物語集』に収録されている「妻を具して丹波国に行く男、大江山において縛らるること」がモチーフとなっている。本作を発表した一九二二（大正11）年頃から、芥川は健康状態がすぐれず神経衰弱や腸カタルなどを患い、湯河原や鵠沼などで転地療養している。その後の芥川は告白的な自伝や私小説的な作品を書くようになり、晩年の『歯車』や『河童』につながっていく。河童の世界を描くことで人間社会を痛烈に批判した『河童』は、当時の文壇にも問題を提起したが、体調だけでなく精神も疲弊してしまった芥川は「将来に対する唯ぼんやりした不安」（遺書）を抱えて自らの命を絶った。

金沢武弘という男の死をめぐり、当事者の三人が証言します。彼らの語る内容のずれが謎とされています。

漱石の『こころ』の「心」のありようは、『藪の中』の謎とよく似たものがあります。信頼関係をもつ二人が何か話題を共有したとします。その共有した何かはその時間・場のことで、あとでそれぞれが考え直したり他の人に語ったりするときにはもう変わっています。揺らぎつづけて固定されない。事後に語らないという方法もあります。でもその共有した何かが有用だと思われる場合は伝えたくなりますよね。録音や筆記といった手段はありますが、状況や判断の変化が起きていたりすると、定着されたものに意味がなくなります。一つのことをめぐる解釈を見極めることは実に難しいのです。

人殺しという重い出来事ならなおのこと、解釈を一定させたいと思うものですが、そこにいたそれぞれの「かけがえのなさ」がぶつかって絡み合って、意に反して解釈は崩れ、溶解していく……。

作品の当事者たちの証言でとくに印象に残るのが、相手のまなざしから何かを受け取っていることです。私たちはまなざしを感受することが、自分の欲望や願望から発したものにすぎないとしても、それに従わざるをえないことが往々にしてあるのではないでしょうか。

【登場人物】

多襄丸（たじょうまる）

男を殺害。だが、自らの意志ではなく男の妻に請われ殺したのだと自供した。

真砂（まさご）**（男の妻）**

多襄丸に手籠にかけられたあと、心中するために夫を刺したと証言。

金沢武弘（かなざわのたけひろ）**（死霊）**

手籠にかけられた妻がいなくなったあと、自分で胸を刺したと証言。

【豆知識】『今昔物語集』がルーツ

『藪の中』が、『今昔物語集』のなかの説話をもとにした物語であることは有名である。そもそも『今昔物語集』は、千以上の物語を収めた説話集。説話には、仏教の教えを民衆に伝えるためのものもあるが、無関係の物語も多く収録されている。芥川はこの説話集を題材に、『羅生門』や『鼻』など、多くの名作を遺した。

1929年（昭和4）

押絵（おしえ）と旅（たび）する男（おとこ）

二次元の娘に恋こがれる男の怪奇譚
推理小説の巨匠が描く非日常の世界

江戸川乱歩（えどがわらんぽ）

【あらすじ】

「私」は、汽車で同乗した男のもつ風呂敷包みに興味をもった。すると、それに気づいた男は、洋装の老人と振り袖を着た美少女の押絵を取り出し「私」に見せた。そして、この押絵にまつわる切なくも不思議な話を始めるのだった。

男の持つ押絵には
ある秘密があった
これの話を
お聞きに
なりたいのでしょう
一八九五（明治28）年のこと
兄は遠眼鏡で
偶然見つけた娘さんに
心を乱されて
しまいました
ななんて
美しい娘だ……！

ところが兄が夢中になった娘さんは実は額のなかの押絵だったのです
その顔の生き生きとしてきれいであったこと本当に生きているかのようでした
すると兄はこんなことを申したのです
たとえこの娘さんが押絵とわかっていてもどうもあきらめられない
そうだ遠眼鏡を逆さにして私を見てくれないか
私は言われた通りにしました
兄は後ずさりしたのでしょうみるみるうちに小さくなって一尺ほどの人形みたいな姿になってしまいました
そして兄は魔性の遠眼鏡の力を借りて自分の体を縮め押絵の世界に忍び込んでしまったのです
しかし年をとるのは兄のほうだけ娘は人の拵えたものですから年をとりません
それを思うと兄が気の毒でしょうがないのですよ
そういうと男は汽車をおりて行った

新奇とレトロを取り入れた作品

日本人は旬とか先取りが好き。名産品のお取り寄せをいち早く仕入れたがるのも同様、要はミーハーってことです。乱歩は新奇なものやレトロなものにアンテナを張り巡らし、作品に取り入れています。この作品では、上からの視点として浅草十二階（凌雲閣）が設定されます。煉瓦造りのハイカラな高層建築で、いまでいえばスカイツリーみたいな存在ですね。浅草十二階は関東大震災で倒壊してしまいました。そこに昇って見る道具が、いくぶん古めいた舶来品の遠眼鏡。遠眼鏡がとらえたのが浅草の境内に出ている露店の八百屋お七の覗きからくり。江戸情緒たっぷりです。

「私」は夜汽車で年齢不詳の男と出会う。老人のようでもあるその男は一枚の押絵を携えています。それを「私」に見るように勧めると、男は語り始めます。男の兄という人の若い時分の話です。

兄は浅草十二階で遠眼鏡をのぞいた一瞬に見えた「眼鏡の中の美しい娘」が忘れられなくなりました。実は覗きからくりのなかの押絵（羽子板の浮き彫りのような精巧な布絵）のお七でした。毎日十二階に昇ったり付近を探ったりして、ようやく娘を突き止めます。

【作家紹介】

江戸川乱歩

一八九四（明治27）年、三重県生まれ。ペンネームは、世界初の推理小説作家とされるアメリカの小説家エドガー・アラン・ポーをもじったもので、本名は平井太郎。

早稲田大学政治経済学部を卒業後、貿易会社社員、古本屋、ラーメン屋など十数種の職業を転々とするが、在学中から関心を抱いていた海外の探偵小説への想いから創作活動に転じ、一九二三（大正12）年に日本初の本格探偵小説『二銭銅貨』で文壇デビュー。以後も『陰獣』『石榴』『パノラマ島奇談』、また名探偵・明智小五郎を主人公とした『D坂の殺人事件』『心理試験』ほか、探偵小説を次々に発表。さらに少年少女向け作品として『怪人二十面相』『少年探偵団』を執筆するなど、日本における探偵・推理小説のジャンルを確立した。

押絵とわかっても恋わずらいはおさまらない。そこで兄は弟に遠眼鏡を逆さにして自分をのぞいてくれと頼みます。のぞくと、兄は小さくなって闇にとけ込み、地上から姿を消してしまった。押絵の中におさまった兄が嬉しそうに娘を抱いているのに弟は気づくのです。弟はその押絵を買い取って、長年ともに暮らしてきました。

恋の成就とは「束縛」を意味するのか

奇妙といったらありません。覗きからくりの光を取り入れる孔と遠眼鏡が偶然に合って押絵が見えたのも不思議で、男女の出会いは道具を媒介にした間接的なものです。しかも相手は現実の女性ではない。二次元だのフィギュアだのの世界と通じるような気がします。

冒頭で「私」が汽車で老人と会うのは、富山の魚津（うおづ）で蜃気楼を見た帰りです。これは老人がかつて浅草で遠眼鏡を逆さにのぞき、兄がそのなかに吸い込まれてしまうイメージと容易に結びつきます。

この恋をどう見ますか。押絵のなかの二人は誰にも邪魔されない世界にいます。でも二人は動けません。弟が押絵を大事に持ち歩いて旅をさせています。恋の成就とは「束縛」を意味するのでしょうか。弟はそんな恋の行司、二人の見守り役といった感じがありますね。

【登場人物】

押絵と旅する男
押絵となってしまった兄のために、景色を楽しませながら旅を続ける。

男の兄
押絵の娘に恋こがれるあまり、自らも押絵のなかに入ってしまう。

私
本作の語り手。魚津へ蜃気楼を見に行った帰りの汽車で不思議な男と出会う。

【豆知識】椅子に飛び込んだ男の陶酔

『押絵と旅する男』は怪奇小説の名作であるが、ほかにも代表的な作品がある。その一つが『人間椅子』である。椅子職人の男が、椅子の裏側に人間が忍び込むスペースを作る。そして男は、椅子に座る人間の感触やにおいを感じるうちに、その世界に陶酔していくのだった……。まさに怪奇の世界。興味のある方はぜひご一読を。

1925年
（大正14）

檸檬（れもん）

心を圧（おさ）えつける「不吉な塊」に潔く堂々と浸る

梶井基次郎
（かじいもとじろう）

得体の知れない不吉な塊が私の心を終始圧えつけていた
なぜだかその頃私はみすぼらしくて美しいものに 強くひきつけられていた
その日 私は買い物をしたその店には珍しく檸檬が出ていたのだ
私はあの檸檬が好きだった
うむ
つまりは この重さなんだな
この重さはすべての善いものすべての美しいものを換算してできた重さだ
それから私はどこへどう歩いただろう
最後に立ったのは丸善（まるぜん）の前だった
TRADE M MARK
Z.P. MARUYA & CO.LTD
(THE MARUZEN KABUSIKIKAISHA)
BRANCH OFFICE
BOOKSELLERS & STATIONERS

【あらすじ】

生活が蝕まれていると感じていた「私」は、なぜか美しくみすぼらしいものに魅かれていた。ある日「私」は、八百屋で買った檸檬を丸善の本の上に置き店を出た。そして、檸檬が大爆発することを一人想像するのであった。

ああ
そうだ
本の色彩をゴチャゴチャに積み上げてこの檸檬で試してみよう
これをこのままにしてなに食わぬ顔で外に出ていこう
丸善の棚へ黄金色に輝く檸檬が恐ろしい爆弾で
十分後にはあの書棚が大爆発したとしたらどんなに面白いだろう
私は熱心にこんな想像をした

できないことを文学でやってしまう

梶井基次郎は結核を発症してからも、文学や芸術への思い止みがたく、贅沢や遊蕩にふけって、自重して過ごすということにはなりませんでした。梶井が最初に同人誌に発表した作品が『檸檬』です。題名からくる清潔なイメージから私はわけもなく好感をもっていたものの、「一発屋作家」の代表格という決めつけをしていました。

私が梶井基次郎をきちんと読んだのは、実は大人になってからです。以来『檸檬』を読むと、そのたびに印象が変わるといいますか、魅かれるところが次々と見つかるのです。あちこちにこの作家のよい資質みたいなものが眠っているのですね。表現の一つ一つに凝縮された命が注ぎ込まれているということでしょうか。

主人公の「私」は、熱くてだるい身体を引きずるようにして街を歩いています。心を圧（おさ）えつけている「不吉な塊」が何なのかはよくわかりません。健康な身体で生活していても、こういった何かにおそわれることって、時として私たちにはあると思うのです。でも、学校や職場で身近な人がいかにもそういう顔をしていると迷惑ですよね。「なに自分に浸っちゃって、勝手にそうしていれば」と放って

【作家紹介】

梶井基次郎（かじいもとじろう）

一九〇一（明治34）年、大阪市生まれ。第三高等学校時代に肺尖カタル（肺の上部の結核）と診断される。退廃的な生活を送っていたが、自身が熱中していた文学への道を志す。東京帝国大学英文科に進学し、在学中に同人雑誌『青空』を創刊。同誌上で『檸檬』『城のある町にて』を発表する。その後も『ある心の風景』『冬の蠅（はえ）』などの佳作を書き上げるが、病には勝てず伊豆湯ヶ島で療養生活に入る。衰弱がひどくなり大阪に戻って療養を続けるが、肺結核の悪化により31歳の若さで他界。

梶井は、病とともにあった十二年のあいだに二十編近い短編を書いている。生前はほとんど無名で、文壇から認められたのは死の直前になってからだが、その鋭い感受性と緊張感の高い文体は今日に至るまで高い評価を受けている。

おかれるだけでしょう。陰鬱なタイプという烙印を押されて、処世に長けた人たちのグループから置き去りにされるかもしれません。

文学作品の登場人物ならば堂々と浸っちゃっていいんです。私たちの代わりにその世界にいてくれて、読んでいる最中ならば私たちも、否が応でもそこにくくり付けられて「不吉な塊」と向き合える。

主人公は八百屋で舶来の檸檬を見つけます。檸檬の存在感って確かに特別な感じがしますね。色も形も匂いも冷たさもすてきなのだけれど、主人公は「重さ」に感じ入る。「この重さ」がもたらす体感とでもいうべきものを、ごく日常の場では他人についてはもちろん、自分の「重さ」にだって私たちは気づかないで過ごしている。気づいてしまったら、例の「そういう顔」になっちゃいますから。

世間では、自分が世界の中心だということを本気にしてはいけないことになっています。この作品のラストは「世界の中心」宣言みたいなものかもしれません。と同時に、主人公が檸檬を置く丸善の画集の本棚が「世界の片隅」にあるということも教えてくれます。私たちはみんな世界の中心であって、しかも片隅にいる、のですね。

爆発した檸檬が、虹色の光となって芳香とともに世界に散っていく、潤いときらめきに満ちた光景を想像したくなりませんか。

【登場人物】

「私」

心を圧えつける得体の知れない不吉な塊に生活が蝕まれていた。そんなとき、八百屋で檸檬を買うと、その香り、冷たさ、重さに幸福感を得た。だが、次第にその幸福感は逃げていき憂鬱な気持ちになっていった。

【豆知識】梶井は『伊豆の踊子』の校正者

『檸檬』を発表した翌年、結核が悪化した梶井基次郎は療養のために伊豆の湯ヶ島温泉に移った。そこで川端康成と親交を深め、『伊豆の踊子』の校正を手伝った。

梶井は一方で、小説家の宇野千代との関係を急速に深めた。これが文士たちの間で噂となり、宇野と夫の尾崎士郎の離婚の一因となった。

1947年（昭和22）

桜（さくら）の森（もり）の満開（まんかい）の下（した）

〝桜〟の概念ががらりと変わる
美しくも恐ろしい女と無骨な山賊の物語

坂口安吾（さかぐちあんご）

【あらすじ】

一人の山賊が街道で見初めた女をさらってきた。女に魅入られていた山賊は、女の口車に乗せられ、七人のうち六人の女房を殺すと都に移った。ここでも山賊は、女の言うままに狼藉を繰り返し、毎夜、殺した者の生首を持ち帰るのだった。

桜の花が咲くと人々は浮かれて陽気になりますがこれは嘘です
あぁ
大昔は桜の花の下は恐ろしいとは思っても誰も絶景だなどとは思いませんでした
ここにいると気が狂いそうだ
昔 鈴鹿峠に一人の山賊が住んでいました この男は情け容赦なく人の命を断つようなむごたらしい男でしたがやはりこう思うのでした
桜とは恐ろしいものだ……
そんなある日のこと山賊は七人の女房をもちながら街道で見初めた女をさらってきました
今日からお前は俺の女房だ
この女はたいへんわがままな女でした

あの女を殺してくれ
あの女も
あれも
殺すって……
なにも殺すことはないじゃないか
お前は私の亭主を殺したくせに自分の女房が殺せないのかえ
それでも私を女房にするつもりなのかえ
わ…わかった……
このとき山賊は桜の森の満開の下にいるのと同じような不安を感じました
この後
山賊は女とともに都で暮らすことになりますそこにはさらに奇妙で恐ろしい生活が待っていました

昔もいまも実は変わらない「女性」という生き物

冒頭と末尾の桜の森の場面は秀逸だと思います。漱石の『こころ』でも最初のほうで、先生の「恋は罪悪ですよ」という言葉が出るのが、上野での花見の場面です。艶なるもののなかにおかれると、人は心に眠る熱情や妄念を呼び起こされるものなのでしょうか。

七人の女房のいる山賊がまた一人女を手に入れるのですが、今度はどうもこれまでと勝手がちがう。むごくて過大な要求を男にもちかける。女房たちを殺せ、ごちそうを食わせろ。男は木を切り出して女の命じるものをつくり、清水を運ぶ。そして一行は都へ行くのですが、女は人間の首を欲しがり、毎日首遊びをします。まるで人形遊びをするみたいです。このくだりはすごいです。魅せられます。

この男はどうしてこうなれるのでしょうか。「落付いた男で、後悔ということを知らない男」なんです。ほかにも男の性分や心持ちを述べていて、それは含蓄があります。女ほどには腹に企みやモヤモヤを抱え込んでいないんですね。あれがほしい、これもやって、というのは女です。

都にいて男は退屈する。人を殺すことにも、女の欲望やおしゃべ

【作家紹介】

坂口安吾（さかぐち あんご）

一九〇六（明治39）年、新潟市生まれ。本名は炳五（へいご）。少年時代から奔放な性格で、中学生のときには落第を経験している。東洋大学印度哲学倫理学科を卒業後、評論を次々と発表し、新進気鋭の作家として頭角を現す。

戦後、評論『堕落論』を発表。「戦争に負けたから堕（お）ちるのではないのだ。生きているから堕ちるだけだ」と、敗戦直後の打ちひしがれた日本人に明日へ踏み出すための指標を示し、大きな反響を呼んだ。続いて発表した短編『白痴（はくち）』で文壇での地位を確立。太宰治（だざいおさむ）、織田作之助（おださくのすけ）らとともに「無頼派（ぶらいは）」と呼ばれ、新しい文学の旗手として時代の寵児となった。

執筆の範囲は多彩で、評論や純文学のみならず、歴史小説、推理小説からエッセイまで多岐にわたるジャンルで作品を発表した。

りにも。女だっていらなくなるんです。そこではじめて女はそばにおいてほしいと懇願して泣く。今度は男に従って山に還ってきますが、やがて女は鬼になってしまいます。男が自分を必要としていると思い込んでいるうちはいいのですが、放り出されそうになって鬼になるのです。何でもかんでも欲しがるのは鬼女の属性かもしれませんね。自分の欲しいものが本当にわからないのですよ。

　自分が何もできないから男にさせるんですね。男は徹底してやってしまう。私はこの男、好きです。だって、いざとなると逃げる卑劣な男とちがうんですよ。私が知っている男性のなかで（小説も含め）いちばん潔いのではないかと思えます。

　もう一つ、山から都へ移って男がそれに合わせて働くこと、近代化みたいだと私は思います。泉鏡花の『高野聖』だと道具立ては近代なのですが、山奥の桃源郷に対するノスタルジー（郷愁）がまさっています。安吾の世界は、近代がどうしようもないことを知ってしまった人のものだろうと思います。近代がもたらした戦後の焼け野原、大地がさらけだされてプリミティブ（根源的）な人間の感情がよみがえりそうな気配。しかし、それもすぐさま戦後の復興によって新たな近代へと塗りかえられていくのです。

【登場人物】

山賊

鈴鹿峠の桜の森の中に住む山賊。桜の森に言いようのない不安を感じている。旅人を襲いその着物を奪ったり、さらってきた女を自分の女房にしたりする。やがて都に移るが、自然に囲まれて育った山賊の肌に都暮らしは合わない。

女

山賊が街道でさらってきた女。山賊の八人目の女房となる。わがままな性格で、男にほかの女房たちを殺させる。その後に移った都では、男に生首を持ち帰るように命じ、夜な夜な生首を並べては「首遊び」に耽（ふけ）る。

【豆知識】新たな価値観を求めた無頼派

「無頼派」とは、戦後の虚脱や混迷のなかで、従来の文学観やリアリズムを否定し、新たな価値観で作品を執筆した作家たちの呼称である。新戯作（げさく）派とも呼ばれる。

第九章 死生観

どんなに社会が進歩・発展しても、効率のよい機械文明の恩恵を享受しても、「生と死」は、すべての生き物が一つ一つの存在として引き受けるしかない。漱石と並ぶ文豪鷗外が『高瀬舟』で投げかける「安楽死」の問題は今日的である。

1941年（昭和16）

銀河鉄道の夜（ぎんがてつどうのよる）

宮沢賢治の最高傑作と謳われる
夏の夜の幻想を描いた友情の物語

宮沢賢治（みやざわけんじ）

【あらすじ】

ジョバンニは気がつくと、親友のカムパネルラとともに銀河鉄道に乗っていた。二人は旅をしながらさまざまな人々と出会った。そして思うのだった。もうどんな闇のなかでもこわくない。本当の幸いを探しに行くのだと……。

銀河ステーション
銀河ステーション
ジョバンニは気がつくと カムパネルラと一緒に 小さな鉄道のなかにいた
ジョバンニ
カムパネルラ
ぼくは
天の野原に来たんだね
うん
すばらしいね

この銀河鉄道を旅しながら
二人はさまざまな人と出会った
獣の骨を掘る大学士
列車のなかと外を自由に行き来できる鳥捕り
乗っていた船が氷山にあたって沈んでしまった兄妹……
そして二人は天の川を眺めた
あ
あすこ石炭袋……
天の川のなかに孔（あな）がある
ぼく
もうあんな闇のなかだってこわくない
きっとみんなの本当の幸いを探しに行く
カムパネルラ ぼくたち
どこまでもどこまでも進んでいこう

ではみなさんは、そういうふうに
川だと云われたり、乳の流れたあとだと
云われたりしていたこのぼんやりと白いものが
ほんとうは何かご承知ですか。

生い立ちと密接に関わる賢治の作品

岩手県花巻で生涯を過ごし、満36歳で世を去った宮沢賢治が存命中に発表した童話は二十編にもなりません。書きためていた作品には筆が幾度も入れられ、世に出るのを待っていました。『銀河鉄道の夜』は賢治の最長編で、第四稿に至るまで書き直されていました。

主人公ジョバンニの家には父親が不在です。いつ帰ってくるかもわからない。母親も病気で伏せっていて、学校の帰りに活版所で活字を拾う仕事をしています。パンと角砂糖を買って帰り、母のために牛乳に角砂糖を入れるといいますので、なかなかモダンです。冒

【作家紹介】

宮沢（みやざわ）賢治（けんじ）

一八九六（明治29）年、岩手県花巻の裕福な商家の長男として生まれる。盛岡高等農林学校（現・岩手大学）を卒業後、稗貫農学校の教師となるが五年で退職。信仰する日蓮宗（にちれんしゅう）の布教活動に従事したり、東北砕石工場の技師となり石灰を肥料として売り歩くなど農業技術指導者として農民の生活向上に尽力した。そのかたわら童話や詩の執筆活動を続けるが、多くは『銀河鉄道の夜』と同様に未発表のままで、賢治は急性肺炎により36歳で死去している。賢治の著作で生前に刊行されたのは、詩集『春と修羅』と童話集『注文の多い料理店』のみであった。

なお、賢治の作品にしばしば登場する「イーハトーブ」という言葉は、彼の心象世界のなかにある理想郷のことを指しており、故郷である岩手をもじったものと解釈されている。

頭の教室の場面では、星に関する質問に答えられなかったことにジョバンニは涙をためて悔しい思いをします。

　賢治は裕福な地元の名士の家に生まれました。信仰心のあつい父親は、花巻の地に宗教家や文化人が訪れると積極的にもてなすような人物でした。ですから、むしろ友達のカムパネルラに近い。要するにお坊ちゃんです。でも、何不自由なく育つというのは決して幸せではないのですね。社会的な地位や力を親は維持させようとしますから、子どもはそのままで受け入れられません。疎外感を小さい頃から知っているものなのです。ジョバンニのおかれた状況は、賢治にとっては内面的な真実かもしれない。教室でも近所でもお坊ちゃんとして扱われ、実は居場所がない。世間的なヒエラルキー（階層）ではなくて、人としての平等な関係を願ったにちがいありません。

　金持ちのお坊ちゃんだからこそできたこともあります。とにかく凝り性。吸引力のあるカリスマに心酔したり。文学はもちろん、山歩き、鉱物・植物採集、天体観察、ベートーヴェン、法華経、活動写真、肥料の研究……ジャンルを超えていますね。人生を通じて彼は「熱中時代」だったのです。すべてを結びつけるように賢治ワールドに昇華できたのは、たぐいまれな想像力あってのことでしょう。

【登場人物】

ジョバンニ
孤独な思春期の少年。父親は長く家に帰らず、母は病気で寝込んでいる。

カムパネルラ
ジョバンニの親友。旅のあと、ザネリを助けるために川へ飛び込み溺れる。

ザネリ
ジョバンニをいじめている。川に落ち溺れるが、カムパネルラに助けられる。

【豆知識】作者の傷心旅行がモチーフか

賢治には四人の弟妹がおり、すぐ下の妹・トシは賢治の良き理解者だった。トシを肺結核で亡くしたとき、賢治は『永訣（えいけつ）の朝』など最愛の妹の死を悼む詩を書いている。また、教え子の就職先の斡旋という名目で樺太を鉄道に乗って傷心旅行をしており、このときの体験が『銀河鉄道の夜』のモチーフになったともいう。

1936年（昭和11）

風立ちぬ

二人の人間が余りにも短い一生を
どれだけお互いに幸福にさせ合えるか？

堀辰雄（ほりたつお）

ある夏の日
私は節子という
美しい少女と
出会った

【あらすじ】

私は、避暑地の高原で出会った節子という美しい少女と婚約する。その後、胸を患った節子のためにサナトリウムに移るが、ある秋の日、節子は発作を起こし血痰を出す。一時は快方に向かったものの、冬になると息を引き取った。

風立ちぬ
いざ
生きめやも……
その後
私たちは婚約した
だが
節子は胸を患い
私と一緒にサナトリウムで
転地療養することになった
私
なんだか急に
生きたくなったわ……
あなたのお陰よ……
こうして私たちの
「少し風変わりな
愛の生活」が始まった
だがそれは
あまりに切ない日々の
始まりでもあった

未完成だからこそ際立つ生の感触

絵を描く人から、魅きつけられる作品というのはどこかに汚れとか欠けたところがあるのだと聞いたことがあります。つまり完璧でないということです。人についてもいえるかもしれません。完璧さを自分で求めることもなくはないかもしれませんが、評価を気にしていることが多いものです。外の基準に自分を合わせようとするばかりだと、自分のなかから湧いてくるものの醸成がはばまれる。

この作品は完成品という気がしません。心理や風景の描写が繊細で情感にあふれていて、一応世にも美しい恋愛物語の体裁はとっているのですが、恋人たちを迎え撃つものは、節子をむしばむ結核という病とサナトリウムでの生活、やがて訪れる死であって、しかも最期は明確に描かれません。「十二月五日」というその項が、いわば塗り残しみたいになっているのです。彼女の生きたいという気持ちはとてもせつないけれど、確かにそこに生きている証として刻まれる。「恐怖」「不安」を覚え、「怯え切っている」彼は、そういう自分自身を必死で堪えているようです。

【作家紹介】

堀辰雄（ほりたつお）

一九〇四（明治37）年、東京・麹町（こうじまち）生まれ。当初は理系好きで数学者を志していたが文学に転じ、第一高等学校在学中から室生犀星（むろうさいせい）や芥川龍之介（あくたがわりゅうのすけ）の知遇を得る。芥川の自殺に衝撃を受け、それをきっかけに『聖家族』を執筆し、文壇での地位を確立。その後も、人間の愛と死をフランス文学的な叙情で凝視した『美しい村』や『菜穂子』、古典的な日本の美を描いた『かげろふの日記』などの作品を書き続けた。

婚約者の死という自身の体験をもとにした本項の『風立ちぬ』は、日本におけるサナトリウム文学の代表的作品として名高い。零戦の設計者である堀越二郎（ほりこしじろう）の半生を描いた同名のアニメ映画（監督・宮崎駿（みやざきはやお））のシナリオにも取り入れられた。辰雄自身も若い頃から病弱で長い闘病生活を送り、肺結核のため48歳で死去。

明確でない答え

　彼はサナトリウムで、婚約した彼女の隣室で暮らすことを選びました。作品の三分の二ほど進んだところで一つの主題が示されます。「二人の人間がその余りにも短い一生の間をどれだけお互に幸福にさせ合えるか？」と。これについても答えは明確ではありません。
　しかしその明確でないことにこそ、作家のもっていた生の感触が込められているように思うのです。いかにも予言的な冒頭の「序曲」では、節子の描きかけの絵の画架が、二人が白樺の木蔭で寝そべっているときに、どこからともなく風が立って倒れます。このほかにも、何でもないことのように思える感覚的な印象が、意識する以前のものとしてさりげなく描かれます。生に対してより鋭敏になっているときには、別の回路が流れるのでしょうか。私たちの生をつかさどるものは、意識でも意志でもないのだなと感じさせられます。
　亡き恋人を偲んで書いた堀辰雄自身も喀血（かっけつ）し、晩年の40代後半は病床にありました。書くことは自分のため、そして命をつぎ込むことでした。作品のなかの塗り残しともとれる余白、習作っぽい書きっぱなし感は、荒い呼吸の痕跡ともいえるかもしれません。

【登場人物】

私
主人公。節子を亡くしたあとも、その愛に支えられていることに気付く。

節子（せつこ）
重い結核。愛にあふれた「私」との生活に、満ち足りた想いを抱いたまま逝く。

節子の父
節子をサナトリウムへ転地療養させることを提案。

【豆知識】作者のサナトリウム体験

『風立ちぬ』で主人公と節子が出会った場所が軽井沢である。明治以降、軽井沢には洋式ホテルが次々と開業し、外国人避暑地として有名になった。また療養地としても有名で、サナトリウムには多くの患者がいた。実際『風立ちぬ』は、喀血に苦しんでいた作者が、軽井沢で静養したときの体験を元に書かれた作品という説がある。

1942年（昭和17）

無常といふ事

文芸批評とは自立した想像物
感動こそが物事の出発点である

小林秀雄（こばやしひでお）

【あらすじ】

一九四二（昭和17）年に、雑誌『文學界』に掲載された、日本中世文学についての評論。短い文章でありながら、近代日本の散文中で最高の到達をなしたと評されている。評論でなく随筆であるとも言われている。

表現の方法にも種類がある

かつて高校の国語教科書の定番で、すこし気の利いた学生なら小林秀雄の書いたものの一冊や二冊をかばんにしのばせて、という存在でした。教育が急カーブで大衆化した一九六〇代から七〇年代でも小林秀雄は支持されていた。本でも音楽でも大規模に「売れる」ものが一人勝ちするようになった一九八〇年代後半あたりから、その神通力が失われたのではないでしょうか。

多くの人が共有できる感動だとかやさしさだとか、小林秀雄にとっては意味のないことなんです。小林が批評の対象にした古今東

【作家紹介】

小林秀雄（こばやしひでお）

一九〇二（明治35）年、東京・神田猿楽町生まれ。文芸批評『様々なる意匠』で文壇に登場後、批評・評論を近代文学の一つのジャンルとして確立。本項の『無常といふ事』は、「上手に思ひ出す事は非常に難しい。だが、それが、過去から未来に向かって飴（あめ）の様に延びた時間といふ蒼（あお）ざめた

西の文化芸術が、簡単にわかるなんて眉唾だとみていたのではないでしょうか。文化や芸術の出発点は「孤独」にあるのだと思います。小林はいとしくてならないんですよ、生きて、表現して、でも表現しきれないものを抱え、それでも残そうとした者たちの格闘が。そして、兼好や西行、実朝がある時代を生き抜き、命がけで書き、詠んだことをじかに感受しようとする、その小林のあがきを私たちは味わうことになる。そうすることで、書いた人や読み継いできた一人一人の人と私たちはつながっているのです。

とにかく小林秀雄の書きっぷりは身のほどを知らない者には読んでほしくないとでもいうように敷居が高い。でも、私はそこにしびれます。極めつけは冒頭の「当麻」で、能の演目です。このなかの「美しい花がある、花の美しさというようなものはない」という箇所をかみしめてほしいです。

いまの時代、人々はパソコンや携帯電話や電子辞書といった便利な装置をたくさんもつようになりました。それらを使うことは実は「受け身」の行為なんですよ。対象にねちねちとストイックに迫る小林の強靭な精神力はその対極のもので、簡単には手に入らないものがあることに気づかせてくれるのです。

思想（僕にはそれは現代に於ける最大の妄想と思はれるが）から逃れる唯一の本当に有効なやり方に思へる」といった、名文とされる章句が多い。そのほかにも随筆『考へるヒント』や、連載十一年にも及ぶ大作『本居宣長』などを執筆した。

【豆知識】文芸批評の開拓者

『歴史と文学』や『無常といふ事』などの評論を発表したが、戦後は戦争責任を追及され、その後は芸術批評が主流となる。音楽や絵画にも対象を広げ、『モオツアルト』や『ゴッホの手紙』を執筆。ランボーやドストエフスキー、ゴッホやモーツァルトなどに影響を受けた文芸批評は、その後の文学者や思想家に大きな影響を与えた。また、小林秀雄は文芸批評の開拓者と呼ばれる。批評を創造的表現に高めた活動は、批評を一文学として確立することとなった。

※兼好、西行、実朝は、それぞれ鎌倉末期から南北朝、平安末期、鎌倉時代初期に活躍した歌人。兼好は随筆『徒然草』で名高い。実朝は鎌倉幕府第三代将軍の源実朝。

1916年
（大正5）

高瀬舟（たかせぶね）

これを罪と呼ぶのだろうか？
人を殺めた罪人の告白

森鷗外（もりおうがい）

【あらすじ】

同心の羽田は、喜助という罪人を高瀬舟に乗せていた。喜助の弟は、病を苦に自殺を図ったが死にきれず苦しんでいた。そんな弟に請われて殺害したという。これを罪と呼ぶのだろうか。羽田の疑問が解けることはなかった。

ある日 同心の羽田庄兵衛が 遠島を申し渡された喜助という罪人を 高瀬舟で運んでいた
この喜助は ほかの罪人と 違っていた
お前はこれから島へ 行くのだぞ
なぜ晴れやかな 顔をしている？
島へ行くのを辛く 思うのは 世間で 楽をしていた人で ございましょう
私にはこれまで 自分がいていい場所が ありませんでした
お上が 島にいるように おっしゃることが なにより 嬉しいのです
な…なんと……！

喜助
お前はなぜ人を殺めたのだ
はい……
ハァ
ハァ
ハァ
おれの病気はもう治らない
早く死ねば兄貴も少しは楽になるだろう……
ハァ
待っていろ！医者を呼んでくる！
医者がなんになる
早く
剃刀を抜いて死なせてくれ
苦しい……!!
喜助は苦しむ弟を救うため殺めた
だが これを罪と呼ぶのだろうか
庄兵衛の胸に生じたこの疑問は いつまでも解けることがなかった

逸脱した人物を淡々と描く

中学校の国語教科書によく採用される鷗外の作品に『最後の一句』があります。江戸時代に大田南畝（幕臣で文人・狂歌師）が集めた随筆集から題材をとっていて、気丈で聡明な少女いちが登場します。北前船を営む父親が難破した船の積み荷の処置を過ったことから死刑が決まるのですが、いちが、お上にもの申す。当時の10代の女性としては、並はずれた行動力の持ち主ですね。鷗外はまるで病気の経過でも客観的に記すかのように書いています。

普通を逸脱した人物にスポットを当てるのは文学の一つのかたちです。高瀬舟は遠島に送られる罪人を京都から大阪に乗せる舟。人生の通常の岐路を外れたくて外れる人はそうはいないわけで、この舟で無念の思いが吐露されることも多いのです。護送役の羽田は罪人の喜助が自若として喜びと品格に満ちていることを不思議に思います。現世にまみれた自分の対極にあって「懸隔」を覚え、深い領域にいる人物だと直観する。人は病いがなければとか蓄えがもっとあればと思うもので、喜助はそれを「今日の前で踏み止まって見せてくれる」のだと。鷗外の筆力に私は驚きます。節度とでもいうの

【作家紹介】

森鷗外

一八九九（明治32）年、鷗外は陸軍第十二師団軍医部長として九州・小倉に「左遷」されている。陸軍という階級社会から外れたことで視点が変わったのか、この頃には歴史観や近代観にかかわる随筆などを書いている。鷗外の年譜では、この時期は「小倉時代」と呼ばれる。

小倉時代を経て、鷗外は歴史小説に開眼。史実を脚色しすぎては興味をそぐことになるが、一方でそのような脚色は文芸の本質的な価値を傷つけない限りそれほど重要な問題ではない。鷗外はこうした歴史小説のジレンマを「歴史其儘」「歴史離れ」という言葉で表現している。『阿部一族』は歴史其儘、『山椒大夫』は歴史離れの小説である。本項の『高瀬舟』は歴史離れの歴史小説で、のちに芥川龍之介や菊池寛が執筆したテーマ小説の先駆けとなった。

か衿持（きょうじ）とでもいうのか、「目の前で踏み止まって見せる」とは、人間を価値づけることなのです。やがて喜助が弟を安楽死（作品中にはこの言葉はありません）させたとわかる。

下手人（げしゅにん）の側に立つ鷗外なら喜助が自らの罪をどう問うたのかをもう少し書いてほしかったと思う一方で、それを語る必要はないようにも思います。語るべきことを苦労話として説くのは邪道かもしれません。生活の困窮をともにした弟を刃の苦しみから救いたいという喜助の一念がすっきりと読めるのです。鷗外は淡々とした書きぶりで、生々しいものを貪欲につかんで描こうとします。のっぴきならないことに直面して、解決するも何も、そう生きざるを得ない人生に重きをおく。そういう人物を一番前で、いわばかぶりつきで見ていて、読者がふるいつきたくなるような造型をする。

この罪人は外れた者のなかでもいっそう逸脱しています。人殺しといえるかどうかもわからず、抵抗もしていない。すると反転が起きるんですよ。何かをなそうなどということにとらわれていない透明な姿勢がかえって問題意識をつきつけてくる。ある意味、これが進んでいることになります。有名無名に関係なく、そういう人物が世の中を変えていくのかもしれないと思います。

【登場人物】

羽田　庄兵衛（はねだ　しょうべえ）
京都町奉行の同心。高瀬舟で罪人を護送する役に就いている。

喜助（きすけ）
幼い頃に両親を亡くし、貧しい生活に耐えながら弟と二人で生きてきた。

喜助（きすけ）の弟
西陣の織場で働いていた頃、病になり働けなくなった。

【豆知識】なぜ安楽死をテーマにしたのか

『高瀬舟』は、安楽死の問題を一つのテーマに書かれた作品である。実は鷗外は、この作品を執筆する数年前、危篤に陥った長女を安楽死させようとしたことがあった。結局、長女は奇跡的に回復したのだが、鷗外は安楽死の問題について真剣に考えるようになり、『高瀬舟』の執筆につながったのだとされている。

鼻（はな）

芥川龍之介

鼻の長き僧の本心は？

古典文学から材を取った芥川の「王朝もの」と呼ばれている短編小説の代表作で、『今昔物語集』に収録されている「池尾禅珍内供鼻語」と『宇治拾遺物語』の「鼻長き僧の事」を題材にしている。「人の幸福をねたみ、不幸を笑う」といった人間の心理や自尊心のおろかさをとらえた作品として夏目漱石から絶賛され、芥川の出世作ともなった。

あらすじ

長い鼻を人々にからかわれていた禅智内供という高僧は、内心では傷ついていたが、それを知られることを恐れて表面上は平静を装っていた。ある日、鼻を短くすることに成功する。しかし、人々は前にもまして内供をあざ笑うのだった。

山椒大夫（さんしょうだゆう）

森鷗外

「歴史離れ」の歴史小説

我が国に古くから伝わる、悲劇的な運命に翻弄される安寿と厨子王丸の姉弟を描いた「山椒大夫伝説」を現代的にアレンジした、鷗外による歴史小説の代表的作品の一つ。鷗外によれば、本作の筋書きは伝説の通りだが、つじつまが合わない部分や好みに合わない部分には小説的な脚色を加え、拷問や処刑など残酷な描写は割愛するなどした「歴史離れ」の歴史小説であるとしている。

あらすじ

平安時代末期、筑紫国（現在の福岡県）に流された父の平正氏を訪ねて、安寿・厨子王の幼い姉弟は母と旅に出る。しかし、人買いにだまされて母は佐渡へ送られ、安寿と厨子王は山椒大夫に売られ奴隷として苛烈な扱いを受ける。

明暗（めいあん）

夏目漱石

漱石がたどり着いた境地

執筆中に漱石が死去したため未完のまま終わった最後の作品。本作は人間のエゴイズムをえぐり出しているが、漱石はその克服を「則天去私（自然の道理にしたがい私心を捨て去ること）」に求めている。これは漱石による造語で、彼自身が文学・人生の理想とし、晩年にたどり着いた境地であるとされる。本作の立体的な心理描写は、漱石作品の中でもとりわけ異彩を放っている。

あらすじ

会社員の津田由雄にはお延という妻がいるが、妹のお秀は彼女を嫌っている。お延は津田に愛されようと努力するが、夫婦関係はギクシャク。持病の痔の手術を受けた津田は温泉宿で静養するが、そこでかつての恋人・清子と再会する。

奉教人の死

芥川龍之介

芥川の切支丹物の代表作

周囲の誤解と偏見により教会を追放された奉教人（キリスト教徒）の生き様を描く。芥川は「切支丹物」と呼ばれるキリスト教を題材にした作品も執筆しているが、本作は『きりしとほろ上人伝』とともに芥川の切支丹物の代表作とされる。なお、芥川は本作のモチーフを「長崎耶蘇会出版の『れげんだ・おうれあ』下巻の第二章」としているが、これは彼が創作した架空の書物で実在しない。

あらすじ

長崎のさんた・るちあという教会に、ろおれんぞという信心深い少年がいた。彼は自分の故郷は「はらいそ（天国）」で、父は「でうす（天主）」だと言う。そんなある日、ろおれんぞと教会に通う傘屋の娘との間に不義密通の噂が立つ。

惜みなく愛は奪ふ

有島武郎

愛の本体とは何であるか？

一九一七（大正６）年に発表された評論。「私はどうしてその生長と完成とを成就するか。それは奪うことによってである。愛の表現は惜みなく与えるだろう。然し愛の本体は惜みなく奪うものだ」として、本能的生活による人間的自由の獲得を説いている。この六年後、有島は「愛の前に死がかくまで無力なものだとはこの瞬間まで思はなかった」と遺書にしたため、自らの命を絶った。

あらすじ

愛は、人間に現われた純粋な本能の働きである。しかし、概念的に物事を考える習慣に縛られている私たちは、愛という重大な問題を考える時も習慣的な概念にとらえられて、真相とはかけ離れた結論に達していることはないだろうか。

父帰る

菊池寛

舞台化されて一躍代表作に

家出していた父が帰ってきたある一家を通じて、家族一人一人の複雑な心情と憎しみを超えた肉親の愛情を描いた戯曲。一九一七（大正６）年に発表されたが評判にならなかったため、菊池は小説に転じて『無名作家の日記』『忠直卿行状記』などを執筆し、新進作家としての地位を確立することになる。発表から3年後に舞台化され好評を博したことで、菊池の代表作のひとつになった。

あらすじ

妻子を捨てて愛人と家出した父が、20年ぶりに落ちぶれた姿で帰ってきた。母や弟・妹たちは温かく迎えようとするが、貧困に苦しみながらも家計を支え弟妹を中学にまで通わせた長男の賢一郎は決して父を許そうとはしなかった。

第十章

太宰治『人間失格』を読む

夏目漱石と太宰治はタイプが全く違うが、最も読まれている、近代文学を代表する二作家だ。人間にとってやっかいな「こころ」という秘境に挑もうという作家魂も立派。太宰は『こころ』を意識して書いたのではないかと憶測をしたくなる。

恥(はじ)の多い生涯(しょうがい)を送って来ました。

登場人物

大庭(おおば) 葉蔵(ようぞう)
幼少期から気が弱い。孤独な雰囲気をまとっており、多くの女性を惹きつける。画家になるのが夢。

ツネ子(こ)
銀座の大カフェの女給。夫が刑務所にいる。貧相だが葉蔵と恋仲になり、入水心中する。

ヨシ子(こ)
葉蔵いわく「信頼の天才」。純粋で人を疑うことを知らない。家に出入りしていた商人に犯されてしまう。

堀木(ほりき) 正雄(まさお)
葉蔵の通う画塾の友人。酒や煙草、淫売婦や左翼運動を葉蔵に教え、奇妙な友人関係を築く。

1948年（昭和23）

人間失格（にんげんしっかく）

他人の心が分からなくてさまよう青年の現代に通ずる問題提起

太宰治（だざいおさむ）

【あらすじ】

荒廃した生活を送っていた大庭葉蔵は、カフェの女給と心中を図るが自分だけが生き残ってしまう。その後、他の女と結婚するが、他の男に犯されている姿を目撃し発狂。ショックからモルヒネ中毒に陥り、廃人のようになってしまった。

恥の多い生涯を送って来ました――
東北の田舎から上京した男は酒と煙草と左翼運動そして淫売婦を知り 荒廃した生活を送っていた
上京して二年目のこと
銀座の大カフェの女給ツネ子と出会った
ねぇ あたしと一緒に死んでよ
世の中への恐怖 わずらわしさ 金 左翼運動 女 学業……
俺は この先とても生きていけそうにないな……

あぁ
いいよ……
その夜 男はツネ子とともに
鎌倉の海に飛び込んだ
だが
死んだのは
ツネ子一人
男は自分だけ
助かってしまった
のである
その後
カチャ
男はそんな自分を
心から信頼して
くれる純粋な女
ヨシ子と出会い
結婚

ひょっとすると
自分も少しは人間らしく
なったのかもしれない
しかしある蒸し暑い
夏の夜のこと——
んん……
あぁ……
うわあああ!!
はぁ
はぁ

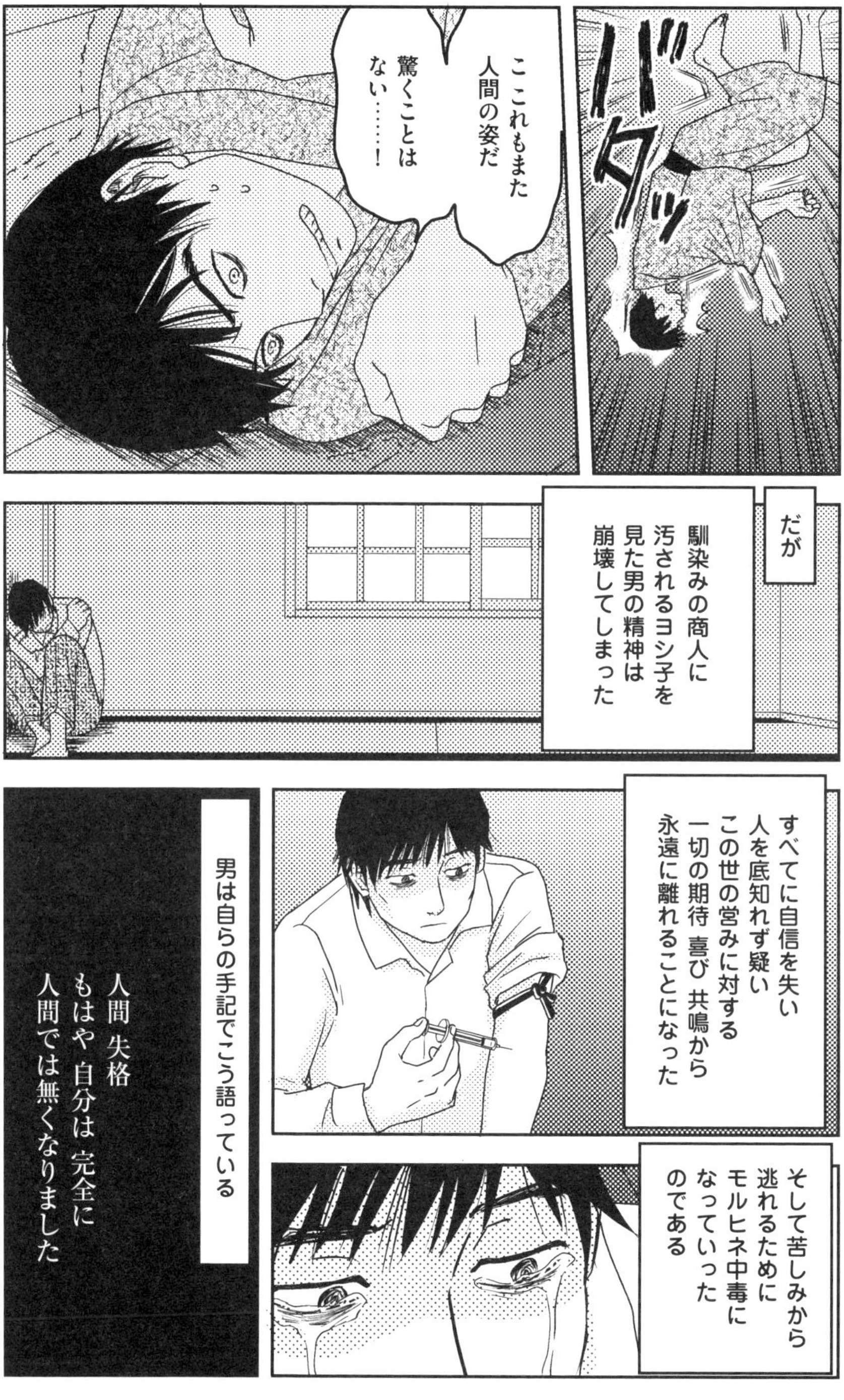
バタッ
ここれもまた
人間の姿だ
驚くことは
ない……！
だが
馴染みの商人に
汚されるヨシ子を
見た男の精神は
崩壊してしまった
すべてに自信を失い
人を底知れず疑い
この世の営みに対する
一切の期待 喜び 共鳴から
永遠に離れることになった
そして苦しみから
逃れるために
モルヒネ中毒に
なっていった
のである
男は自らの手記でこう語っている
人間 失格
もはや 自分は 完全に
人間では無くなりました

いまどきな人物像、葉蔵とは何者か

主人公の葉蔵は、幼い頃からかわいがられ、周りの期待に応えることで自分を認めてきた、出来のいいお坊ちゃんでした。茶目っ気たっぷりの道化を演じるのはお手のもの。人から「仕合せ者」と言われるけれど、「自分ではいつも地獄の思い」などと語っています。

葉蔵みたいに「周り目線」に自分を合わせることにエネルギーを使うのは、いまどきの人によくあるんじゃないかと思います。これが「上から」でも「下から」でもなく、漠とした「周り」であることに注意してください。価値や質といった中身を問うことは、人間をどうしても「上」とか「下」におくことになりますが、それが問われなくなると「周り」から「どう見られるか」が大事になってくる。いまどきの人たちはランキングが好きですよね。数字の序列そのものには感情やニュアンスはなく「透明」ですが、それに合わせて自分の志向や将来を決めようとすると、周囲の目を意識した「ファッション」を纏（まと）うことになる。これという主体を追求する自分が周囲となじめない、とはならない。核のようなものに向かって求心的に「見る」主体があるのではなく、「見られること」に過剰に反応する自分らしきものに覆われるイメージとでもいえばいいでしょうか。

「上から目線」を嫌うのは、外側に対する意識が平準化されているからでしょう。手っ取り早く言えば、横並びということです。それぞれがもつ意識の束はいろいろなことにアクセスしようとする。自分の周囲にいくつもの目をもつ「多面体」のごときもので、これ、大人

道化
人を笑わせるような、滑稽（こっけい）な言動・行為。また、それをする人のこと。おどけ。

仕合せ
1巡り合わせ、機会。2なりゆき、始末。3幸福、幸い。現代の「幸せ」は3の意味に値する。

になるということに通じるような気がします。私が中高校生に教えるなかでもそれをとても感じるのです。早くも大人の手法をつかんでしまっている。しかし、自分の核をつくる格闘をしていないから、「大人子ども」ですね。これってまさに葉蔵ではないですか。現代社会を構成するのは、ひょっとすると葉蔵の群れかもしれないのです。

こういった現代性が作品の根強さですが、もっとも力のあるのは別のところだと私は思っています。それは、作品のわりと早いうちに明かされます。

「つまり、わからないのです。隣人の苦しみの性質、程度が、まるで見当つかないのです。（中略）わからない、……夜はぐっすり眠り、朝は爽快なのかしら、どんな夢を見ているのだろう、道を歩きながら何を考えているのだろう、金？　まさか、それだけでもないだろう」と、このあと「わからない」をたたみかけながら続きます。他人の「心」がわからないこと。時々刻々とうつろう気分にしても、おいしいかまずいかという感覚にしても、いま自分の目の前にいる人についてだって実はわからないのです。相手に対するこちら側の気持ちも一定なのではありません。ましてや、何かことにのぞんで期待したり、あるいは苦しんだり怒ったりする他人の心持ちの、本当のところがわかるのでしょうか。

久しぶりに読んで私は、ああこれなんだ、葉蔵の言葉の背後から太宰が語りかけてくるのは、みんなの問いだったのだ、と。多くの人がわからないでさまよっているのは、他人の心なのではないか。わからないですまそうとしていても結局は同じことです。

『人間失格』は「人間不信」について語っているとされることもあるようです。「不信」

他人の「心」がわからないこと
太宰は本作品で、人間の営みというものが未だに何もわかっていない、と話している。自分の幸福の観念と、世のすべての人たちの幸福の観念とが、まるで食いちがっているような不安がある、と。考えれば考えるほどわからなくなり、何をどう会話したらいいかわからない。そこで考え出した処世術が「道化」だったのだという。

とは、信じている、信じたいのに信じられない、信じられなくなったということから起きるのではないでしょうか。葉蔵は（人の心なんてわからないはずなのに）みんな「清く明るく朗らかに」生きている、「生き得る自信をもっている」ことが難解だと言っています。ですから、不信になっているのではない。「不信」以前の問いかけなのではないかと思います。

いまお困りのことは何ですか——人の心がわからないことです。

葉蔵は人生相談を自分に対してしているみたいですね。このことは、漱石の『こころ』となんと共通するテーマでしょう。『人間失格』を本書の最後にしたいちばんの理由が、「人の心のわからなさ」を正面からとらえようとしているからなのです。

恋愛とはお互いの存在確認

葉蔵の「お困り」といえば、女性との連続的で勝手気ままな関係でしょう。誰かれとなく、すぐに仲良くなってしまう。つい目を覆いたくなることですけど、男女問わず太宰ファンはいて、いったいどういうことだろうと思います。

女性の描き方に愛があるといえるかもしれません。ただそれは自己愛の延長で、葉蔵の分身に対するものという気がします。葉蔵に潜む女性性が具現化したとでもいいますか。世の男性は、葉蔵みたいな女々しさを社会性の陰に隠して生きているのかもしれません。

女性との連続的で勝手気ままな関係
太宰は若い頃から非常に女性から好かれる人物であった。『人間失格』では、「誰にも訴えない、自分の孤独の匂いが、多くの女性に、本能に依って嗅ぎ男性が女性性をもっているから恋愛ができるとも考えられます。結婚につながる、社会的公認のもとで行われる恋愛のことは別にしましょう。本気で男女が向き合うときの恋愛というのは女性的なものだと思いますね。これは女性を上げるのでも下げるのでもありません。逆にいえば、社会的に認められていたり世間にどっぷり浸かっていたりする場合など、女性にも恋愛に向かない人はいるんです。

恋愛とはお互いの存在確認である、とこの際言ってしまいましょう。葉蔵は人の心がわからないという。恋愛しているときに、奇跡的に心がわかることがある。葉蔵は相手を傷つけたくない。どうしても断れない。愛の視線を拒否できない。あらわれた「心のしるし」を確認せずにはいられないのではないでしょうか。

お母さんを探しつづける「みなしご」のように……。

当たられ、後年さまざま、自分がつけ込まれる誘因（ゆういん）の一つになったような気もする。」と話している。

みなしご
孤児。両親・親戚などの保護者のいない未成年者のこと。

作家プロフィール

太宰治（だざい おさむ）

結婚して子供も生まれたことで精神的にも安定した太宰だが、再び破滅的傾向を見せるようになり、『ヴィヨンの妻』『斜陽』など自虐的・自己崩壊的な作品を書き上げていく。ついに精神と肉体の行き詰まりから、愛人とともに玉川上水で入水自殺を遂げた。遺体が発見された6月19日は、太宰が死の直前に書いた短編『桜桃（おうとう）』にちなんで「桜桃忌（き）」と名付けられた。

これも面白い！
読んでおきたい文学作品
昭和時代編

斜陽（しゃよう）

太宰治（だざいおさむ）

没落する上流階級の末路

ロシアの作家チェーホフの戯曲『桜の園』をモチーフにしているが、主人公・かず子のモデルは太宰が当時交際していた愛人の太田静子（おおたしずこ）で、静子の日記を参考にして書いた作品でもある。没落していく上流階級の人々のことを指す「斜陽族」なる流行語も生み出し、本作の発表以降は辞書にも斜陽という言葉に「没落」の意味が加えられるようになった。

あらすじ

没落貴族のかず子は母とともに伊豆で暮らしていた。そこへ戦地で行方不明となっていた弟の直治が復員。弟を通じて上原二郎という作家と出会ったかず子は、自身の「道徳革命」として彼の子を身籠（みごも）ることを夢見るようになる。

春琴抄（しゅんきんしょう）

谷崎潤一郎（たにざきじゅんいちろう）

美女と奉公人の献身的な愛

盲目の三味線弾き春琴（しゅんきん）と、彼女に尽くす奉公人・佐助の献身的な愛を通じて、マゾヒズムを超越したところにある人間の本質的な美を描く。作者の独特ともいえる女性崇拝が、谷崎の真骨頂である陰翳（いんえい）のある文体や古典的情緒を醸（かも）し出す表現法で美しく描かれている。句読点などの記号や改行を大幅に省略した実験的な文体で書かれていることも特徴。

あらすじ

9歳のときに失明した琴（こと）は、音曲の才に恵まれていた。佐助は師匠のもとに通う琴の手引き役を務めるうち、互いに大事な人となっていく。ある夜、琴は何者かに熱湯をかけられ美しい顔に火傷（やけど）を負ってしまう。

雪国（ゆきぐに）

川端康成（かわばたやすなり）

国境の長いトンネルを……

『伊豆の踊子』と並ぶ川端の代表作。『文藝春秋』『改造』など複数の雑誌で断続的に発表され、それぞれが半ば独立した短編的な各章の集積の上に全体がまとまる「『源氏物語』形式」とも呼ばれる構成である。「国境の長いトンネルを抜けると雪国であった」で始まる有名な冒頭など、新感覚派の代表的作家とされた川端の才能が随所にみられる。

あらすじ

親の遺産で生活していた島村は、上越の温泉町で芸者の駒子と知り合う。島村は駒子の純粋な魅力に魅かれていくが、葉子という少女にも心魅かれるようになる。ある冬に火事が発生して一人の女性の体が二階から落ちた。葉子だった。

夜明け前（よあけまえ）

島崎藤村（しまざきとうそん）

藤村の自伝的作品の集大成

藤村は創作活動の後半に私小説・自伝的小説に傾倒していくが、本作は藤村の自伝的小説の集大成的作品といえる。「木曾路はすべて山の中である」という冒頭で知られるように、藤村の生まれた地である信州木曾谷の馬籠宿（まごめじゅく）（現在の岐阜県中津川市馬篭）が舞台。藤村の父をモデルとした主人公・青山半蔵の数奇な生涯を通じて、幕末から明治にかけての激動の時代を描き切った大作である。

あらすじ

木曾の馬籠宿で庄屋や宿屋などを兼ねる旧家の当主・青山半蔵は多感な知識人で、折からの明治維新の転換期を迎えて苦悩する。やがて自らが信奉する国学の思想にその解決を求めるが、文明開化の到来は彼の理想を裏切ってゆく。

仮面の告白（かめんのこくはく）

三島由紀夫（みしまゆきお）

三島の半自伝的長編小説

大蔵省の役人と作家という二足の草鞋（わらじ）をはいていた三島だが、過労により駅のホームから転落する事故にあったため、父から職業作家になることを許された。本作は三島が大蔵省を辞めた後に執筆した長編で、半自伝的小説でもある。男性に性的興奮を感じる主人公「私」の告白という形の本作は、文壇にセンセーションを巻き起こしながらも高い評価を獲得した。

あらすじ

幼年時代の「私」は、坂道を下りて来る血色のよい汚穢屋（おわいや）（糞尿汲取人）の若者に魅かれて彼になりたいと思ったり、家の前を通る兵士の汗の臭いにそそられたりした。そういった官能的な感覚は、何か「悲劇的」なものを帯びていた。

堕落論（だらくろん）

坂口安吾（さかぐちあんご）

生きているから堕ちるだけ

第二次世界大戦終結の翌年である一九四六（昭和21）年に発表された、安吾の代表作となる随筆。逆説的な表現で従来の政治観・道徳観・倫理観を冷徹に分析し、虚飾を捨てて人間の本来の姿に徹することを人々に提言している。敗戦間近の困窮生活を描いた短編『白痴（はくち）』とともに、敗戦に打ちひしがれた人々に明日へ踏み出すための指標を示した。

あらすじ

戦争に負けたから堕（お）ちるのではなく、人間だから堕ちるのであり、生きているから堕ちるだけだ。だが、人間は永遠に堕ちぬくことはできない。堕ちる道を堕ちきることによって自分自身を発見し、救わなければならない。

文学の種類がわかる

主要な文学思潮表

時代		思潮	概説	代表的な作品
明治	黎明期	戯作文学	江戸時代後期の戯作（洒落本・滑稽本・黄表紙など）を受け継ぎ、世相や風俗を風刺。	仮名垣魯文『西洋道中膝栗毛』『安愚楽鍋』など
		翻訳文学	西洋文学の翻訳。西洋の事情や風俗・習慣などを伝えた。	中村正直訳『西国立志編』、川島忠之助訳『八十日間世界一周』など
		政治小説	自由民権運動やナショナリズムの精神など、政治思想を普及させた。	矢野龍渓『経国美談』、東海散士『佳人之奇遇』など
		写実主義	空想によらず現実をありのままに写し、文学を教訓や政治などの手段ではなく、それ自体を目的とした。	坪内逍遙『小説神髄』『当世書生気質』、二葉亭四迷『浮雲』など

大正

思潮	派	特徴	主な作家・作品
擬古典主義	硯友社	文芸雑誌『我楽多文庫』を創刊した文学結社「硯友社」のグループ。井原西鶴や近松門左衛門など古典文学に懐古し、伝統を守ろうとした。	尾崎紅葉『二人比丘尼色懺悔』『金色夜叉』、山田美妙『夏木立』など
擬古典主義	理想主義	写実主義的な硯友社に対し、理想的で壮大な古典世界を描いた。	幸田露伴『五重塔』、樋口一葉『たけくらべ』など
浪曼主義		西洋思想の影響を受け、封建的な社会から解放された自由な個人の精神や近代的な自我の目覚めを主張した。森鷗外の初期作品に代表され、それを文芸雑誌『文学界』を創刊したグループが受け継いだ。	森鷗外『舞姫』『うたかたの記』、北村透谷『内部生命論』、泉鏡花『外科室』『高野聖』、徳冨蘆花『不如帰』、国木田独歩『武蔵野』など
自然主義		西洋で興った自然主義の影響を受け、人間のあるがままの姿を客観的に描いた。日本では、自らの苦悩を客観的に描写する自伝的作風・私小説の形に傾斜していった。	島崎藤村『破戒』『春』、田山花袋『蒲団』『田舎教師』、正宗白鳥『何処へ』、徳田秋声『黴』など
反自然主義	余裕派 高踏派	自然主義に対し、広い視野と余裕をもって対象をとらえ、理知的な独自の文学世界を築いた。夏目漱石を中心としたグループが「余裕派」、森鷗外らが「高踏派」。	夏目漱石『草枕』『三四郎』『こころ』、高浜虚子『風流懺法』、森鷗外『雁』『阿部一族』『高瀬舟』、堀口大學『月光とピエロ』など
反自然主義	耽美派	自然主義が人間の醜い現実を描くのに対し、美を至高とし、それを描くことを唯一の目的とした。「悪魔主義」と呼ばれることもある。	谷崎潤一郎『刺青』、永井荷風『すみだ川』など
反自然主義	白樺派	同人誌『白樺』を中心に活動したグループ。トルストイの影響を受け、人間肯定を志向。理想主義・人道主義・個人主義的な作風で知られる。	志賀直哉『城の崎にて』『暗夜行路』『和解』、武者小路実篤『お目出たき人』『友情』、有島武郎『生れ出づる悩み』『或る女』など

時代	思潮		概説	代表的な作品
大正	新現実主義	新思潮派	文芸雑誌『新思潮』を中心に活動したグループ。白樺派の自己の肯定や観念的理想に満足せず、現実の姿を理知的に描写した。	芥川龍之介『羅生門』『鼻』『河童』、菊池寛『父帰る』『恩讐（おんしゅう）の彼方に』
大正	新現実主義	奇蹟派	早稲田大学の同人誌『奇蹟』を中心に活動した、現実を直視する作風のグループ。	広津和郎『神経病時代』、宇野浩二『蔵の中』など
	プロレタリア文学		労働者の生活や思想がテーマ。マルクス主義の立場で、資本主義の打倒や労働者階級の解放を目的として、現実をリアリズムの手法で描いた。革命運動を推進したとして、政府から弾圧された。	小林多喜二『蟹工船』、葉山嘉樹『海に生くる人々』『セメント樽の中の手紙』、徳永直（とくながすなお）『太陽のない街』など
	芸術派	新感覚派	機械化された近代社会の人間の現実社会など、新しい現実を作者の鋭い感覚でとらえるとともに、新しい表現技術の工夫を特徴とした。	横光利一『日輪』『蠅』、川端康成『伊豆の踊子』『雪国』など
	芸術派	新興芸術派	プロレタリア文学に対抗し、芸術の自律性を主張したが、やがて商業主義・享楽主義的傾向に変わっていった。	井伏鱒二『山椒魚』『黒い雨』、梶井基次郎『檸檬』『冬の蠅』など
	芸術派	新心理主義	欧米で興った心理的現実主義の影響を受け、意識の流れや独白によって、人間の内面世界の描写をテーマとした。	堀辰雄『聖家族』『風立ちぬ』『菜穂子』、伊藤整（いとうせい）『幽鬼（ゆうき）の街』など

時代	区分	思潮	特徴	主な作家・作品
昭和	戦時下の文学	転向文学	弾圧によってマルクス主義を放棄したプロレタリア作家が、その過程を題材に作品を執筆した。	中野重治『村の家』、高見順『故旧忘れ得べき』、島木健作『生活の探求』など
		日本浪漫派	日本の伝統文化への回帰を標榜した。	保田與重郎『日本の橋』など
	戦後文学	新戯作派（無頼派）	既成のモラルへの反逆、現実への絶望などを、自虐的な筆致で描いた。	太宰治『斜陽』『人間失格』、坂口安吾『堕落論』『桜の森の満開の下』など
		民主主義文学	壊滅したプロレタリア文学を、平和と民主主義を標榜する文学として再生することを目指した。	宮本百合子『播州平野』、徳永直『妻よねむれ』、佐多稲子『私の東京地図』など
		戦後派（第一次）	戦争を体験した世代の作家たちが、敗戦後の社会の混乱と退廃を投影した作品を発表。従来の価値基準を放棄して新しい時代の文学の旗手となった。	野間宏『暗い絵』、中村真一郎『死の影の下に』、梅崎春生『桜島』など
		戦後派（第二次）		三島由紀夫『金閣寺』『潮騒』、大岡昇平『俘虜記』『野火』、安部公房『砂の女』、堀田善衛『広場の孤独』、島尾敏雄『死の棘』など
		第三の新人	戦後派の後を受けて登場。社会や政治への関心は薄く、もっぱら日常の中の人間性を描いた。	遠藤周作『沈黙』、安岡章太郎『悪い仲間』、吉行淳之介『驟雨』など
		昭和30年代の文学	第三の新人とは対照的に、社会や政治に対して自己主張を示した。女流作家も活発に活動。	大江健三郎『死者の奢り』『万延元年のフットボール』、開高健『裸の王様』、有吉佐和子『紀ノ川』など
		内向の世代	個人の内面に焦点を当て、個人の存在やあり方を内省的に模索した。	古井由吉『杏子』、黒井千次『時間』、小川国夫『アポロンの島』

動きがわかる時代がわかる

知っておきたい近代日本文学の流れ

世界の文学もわかる!

※年表は初出を原則としています。小＝小説／評＝評論／詩＝詩／随＝随筆／歌＝短歌

年号	西暦	作品	作者	文壇の出来事	日本の出来事	海外の文学作品
1	一八六八				明治維新	オルコット『若草物語』(一八六八)
4	一八七一				廃藩置県	ヴェルヌ『海底二万里』(一八七〇)
5	一八七二	評 学問のすゝめ	福沢諭吉		富岡製糸場が操業を開始	トルストイ『アンナ・カレーニナ』(一八七八)
10	一八七七				西南戦争	イプセン『人形の家』(一八七九)
18	一八八五	評 小説神髄	坪内逍遙	尾崎紅葉ら、文芸雑誌『我楽多文庫』を創刊	伊藤博文、初代内閣総理大臣に就任	スティーブンソン『宝島』(一八八三) モーパッサン『女の一生』(一八八三)
20	一八八七	小 浮雲	二葉亭四迷	二葉亭四迷が『浮雲』、山田美妙が『武蔵野』で言文一致体(口語文体)を創始		バーネット『小公子』(一八八六)
		小 武蔵野	山田美妙			
22	一八八九	小 二人比丘尼色懺悔	尾崎紅葉	文芸雑誌『新小説』創刊	大日本帝国憲法発布	
23	一八九〇	小 舞姫	森鷗外			ゾラ『獣人』(一八九〇)
24	一八九一	小 五重塔	幸田露伴			
		小 二人女房	尾崎紅葉			
25	一八九二	評 厭世詩家と女性	北村透谷	北村透谷、島崎藤村ら、文芸雑誌『文学界』を創刊		
26	一八九三	評 漫罵	北村透谷			

明治						
27	一八九四	小 大つごもり	樋口一葉		日清戦争	ルナール『にんじん』（一八九四）
28	一八九五	小 外科室	泉鏡花	文芸雑誌『文芸倶楽部』創刊		キップリング『ジャングル・ブック』（一八九四）
		小 たけくらべ	樋口一葉			チェーホフ『かもめ』（一八九六）
		小 にごりえ	樋口一葉			
30	一八九七	詩 若菜集	島崎藤村	俳句雑誌『ホトトギス』が愛媛県の松山で創刊される		
		小 金色夜叉	尾崎紅葉			
31	一八九八	小 不如帰	徳冨蘆花	『ホトトギス』、拠点を東京に移転。高浜虚子が代表となる		
		評 歌よみに与ふる書	正岡子規			
		随 武蔵野	国木田独歩			
32	一八九九	詩 天地有情	土井晩翠	『中央公論』創刊		トルストイ『復活』（一八九九）
33	一九〇〇	小 高野聖	泉鏡花	与謝野鉄幹、文芸雑誌『明星』を創刊		ボーム『オズの魔法使い』（一九〇〇）
34	一九〇一	歌 みだれ髪	与謝野晶子			
		小 牛肉と馬鈴薯	国木田独歩			
35	一九〇二	小 重右衛門の最後	田山花袋		日英同盟締結	ゴーリキー『どん底』（一九〇二）
		小 鎌倉夫人	国木田独歩			
37	一九〇四	詩 藤村詩集	島崎藤村	『新潮』創刊	日露戦争	チェーホフ『桜の園』（一九〇四）
38	一九〇五	小 吾輩は猫である	夏目漱石			ヘンリー『最後の一葉』（一九〇五）
39	一九〇六	小 坊っちゃん	夏目漱石			ヘンリー『賢者の贈り物』（一九〇五）
		小 草枕	夏目漱石			ゴーリキー『母』（一九〇六）
		小 破戒	島崎藤村			
40	一九〇七	小 虞美人草	夏目漱石	文芸雑誌『新思潮』創刊		
		小 蒲団	田山花袋			

年号	西暦	作品	作者	文壇の出来事	日本の出来事	海外の文学作品
明治41	一九〇八	小 三四郎	夏目漱石	伊藤左千夫ら、短歌雑誌『アララギ』を創刊		メーテルリンク『青い鳥』（一九〇八）
		小 夢十夜	夏目漱石			
		小 あめりか物語	永井荷風			
42	一九〇九	詩 邪宗門	北原白秋	森鷗外、与謝野鉄幹・晶子ら、文芸雑誌『スバル』を創刊	伊藤博文暗殺	ジッド『狭き門』（一九〇九）
		小 それから	夏目漱石			
		小 田舎教師	田山花袋			
43	一九一〇	歌 一握の砂	石川啄木	『新思潮』（第二次）創刊	大逆事件	ルルー『オペラ座の怪人』（一九一〇）
		小 刺青	谷崎潤一郎	武者小路実篤、志賀直哉ら、文芸雑誌『白樺』を創刊		
44	一九一一	小 お目出たき人	武者小路実篤	夏目漱石、和歌山県で講演。のちに『現代日本の開化』として出版		
大正1	一九一二	随 千曲川のスケッチ	島崎藤村			マン『ヴェニスに死す』（一九一二）
2	一九一三	小 阿部一族	森鷗外			
3	一九一四	詩 道程	高村光太郎	『新思潮』（第三次）創刊	第一次世界大戦	
		小 こころ	夏目漱石			
4	一九一五	小 道草	夏目漱石			
		小 山椒大夫	森鷗外			
		小 羅生門	芥川龍之介			
5	一九一六	小 高瀬舟	森鷗外	『新思潮』（第四次）創刊		カフカ『変身』（一九一六）
		小 明暗	夏目漱石	夏目漱石死去		
		小 鼻	芥川龍之介			
6	一九一七	詩 月に吠える	萩原朔太郎			
		小 城の崎にて	志賀直哉			

7	一九一八	小 生れ出づる悩み	有島武郎	『新思潮』(第五次)創刊 児童文学雑誌『赤い鳥』創刊	原敬内閣成立	
8	一九一九	小 田園の憂鬱	佐藤春夫			ヘッセ『デミアン』(一九一九)
		小 恩讐の彼方に	菊池寛			モーム『月と六ペンス』(一九一九)
		小 友情	武者小路実篤			
		小 或る女	有島武郎			
		小 蜜柑	芥川龍之介			
9	一九二〇	小 真珠夫人	菊池寛		国際連盟に加盟	
10	一九二一	小 暗夜行路	志賀直哉	『新思潮』(第六次)創刊		魯迅『阿Q正伝』(一九二一)
11	一九二二	小 藪の中	芥川龍之介	森鷗外死去		デュ＝ガール『チボー家の人々』(一九二二)
12	一九二三	小 蠅	横光利一	菊池寛、文芸雑誌『文藝春秋』を創刊	関東大震災	
	一九二四					マン『魔の山』(一九二四)
13	一九二五	小 檸檬	梶井基次郎	『新思潮』(第七次)創刊	普通選挙法成立	ロラン『愛と死の戯れ』(一九二五)
14		小 十六歳の日記	川端康成			
	一九二六	小 セメント樽の中の手紙	葉山嘉樹			ヘミングウェイ『日はまた昇る』(一九二六)
15		小 伊豆の踊子	川端康成	日本文藝家協会設立。初代会長に菊池寛		
昭和						
	一九二七	小 河童	芥川龍之介			ショーロホフ『静かなドン』(一九二八)
2	一九二九	小 夜明け前	島崎藤村			ロレンス『チャタレイ夫人の恋人』(一九二八)
4		小 蟹工船	小林多喜二			ヘミングウェイ『武器よさらば』(一九二九)
		小 押絵と旅する男	江戸川乱歩			
		小 山椒魚	井伏鱒二			フォークナー『響きと怒り』(一九三〇)
5	一九三〇	詩 測量船	三好達治	谷崎潤一郎が夫人と離婚し、夫人は佐藤春夫と再婚。「細君譲渡事件」として物議を醸す		
		小 聖家族	堀辰雄			パール・バック『大地』(一九三一)
6	一九三一				満州事変	

年号	西暦	作品	作者	文壇の出来事	日本の出来事
昭和7	一九三二	【小】女の一生	山本有三		五・一五事件
8	一九三三	【小】美しい村	堀辰雄	宮沢賢治死去。『銀河鉄道の夜』発刊 文芸雑誌『文藝』『文學界』創刊	国際連盟を脱退
		【随】陰翳礼讃	谷崎潤一郎		
10	一九三五	【小】道化の華	太宰治	芥川賞・直木賞創設	
11	一九三六	【小】風立ちぬ	堀辰雄		二・二六事件
12	一九三七	【小】雪国	川端康成		日中戦争
		【小】濹東綺譚	永井荷風		
14	一九三九	【小】富嶽百景	太宰治		第二次世界大戦
15	一九四〇	【小】走れメロス	太宰治		日独伊三国同盟締結
16	一九四一	【詩】智恵子抄	高村光太郎		太平洋戦争
17	一九四二	【小】山月記	中島敦		
		【評】無常といふ事	小林秀雄		
18	一九四三	【小】細雪	谷崎潤一郎		
		【小】李陵	中島敦		
20	一九四五				広島・長崎に原爆投下、終戦
21	一九四六	【小】白痴	坂口安吾	文芸雑誌『群像』創刊	
22	一九四七	【小】斜陽	太宰治		日本国憲法公布
		【小】桜の森の満開の下	坂口安吾		
		【小】ビルマの竪琴	竹山道雄		

海外の文学作品

- フォークナー『サンクチュアリ』(一九三一)
- ショーロホフ『開かれた処女地』(一九三二)
- マルロー『人間の条件』(一九三三)
- ヒルトン『チップス先生さようなら』(一九三四)
- ミッチェル『風と共に去りぬ』(一九三六)
- スタインベック『二十日鼠と人間』(一九三七)
- サルトル『嘔吐』(一九三七)
- スタインベック『怒りの葡萄』(一九三九)
- ヘミングウェイ『誰がために鐘は鳴る』(一九四〇)
- エレンブルグ『パリ陥落』(一九四一)
- カミュ『異邦人』(一九四二)
- ヘッセ『ガラス玉演戯』(一九四三)
- サン=テグジュペリ『星の王子さま』(一九四三)
- サルトル『自由への道』(一九四五)
- カミュ『ペスト』(一九四七)

23	一九四八	小 人間失格	太宰治	太宰治、玉川上水で入水自殺	
24	一九四九	小 仮面の告白	三島由紀夫		
25					
26	一九五一	小 壁	安部公房		サンフランシスコ平和条約締結
27	一九五二	小 二十四の瞳	壺井栄		
		随 阿房列車	内田百閒		
29	一九五四	小 潮騒	三島由紀夫		
30	一九五五	小 太陽の季節	石原慎太郎		
31	一九五六	小 金閣寺	三島由紀夫		国際連合に加盟
32	一九五七	小 天平の甍	井上靖		
33	一九五八	小 飼育	大江健三郎		
37	一九六二	小 砂の女	安部公房		
39	一九六四	評 考へるヒント	小林秀雄		東京オリンピック開催
40	一九六五	小 黒い雨	井伏鱒二		
41	一九六六	小 沈黙	遠藤周作		
42	一九六七	小 万延元年のフットボール	大江健三郎		
43	一九六八			川端康成がノーベル文学賞受賞	
45	一九七〇			文芸雑誌『すばる』創刊 三島由紀夫、自衛隊市ケ谷駐屯地で割腹自殺	大阪万博開催
47	一九七二			川端康成、自殺	沖縄返還

ヘミングウェイ『老人と海』（一九五二）
スタインベック『エデンの東』（一九五二）
サルトル『悪魔と神』（一九五三）
エレンブルグ『雪どけ』（一九五四）
サガン『悲しみよこんにちは』（一九五四）
フォークナー『大森林』（一九五五）
カポーティ『ティファニーで朝食を』（一九五八）
カポーティ『冷血』（一九六六）
エンデ『モモ』（一九七三）

文学作品入手リスト

本書で紹介した作品が簡単に探せる!

※書店や図書館、インターネットで探す際にお役立てください。
※このリストは2014年6月現在のものです。出版社の都合により、発売が中止されることもありますので予めご了承ください。
※＊マークのついているものは作品名と書名が異なります。

頁	作品名	作者名	文庫名1	文庫名2	文庫名3
一四	こころ	夏目漱石	新潮文庫	集英社文庫	角川文庫
二八	舞姫	森鷗外	新潮文庫＊	集英社文庫	岩波文庫＊
三二	浮雲	二葉亭四迷	新潮文庫	岩波文庫	
三六	たけくらべ	樋口一葉	集英社文庫	新潮文庫＊	
四十	刺青	谷崎潤一郎	新潮文庫＊	集英社文庫＊	
四四	或る女	有島武郎	新潮文庫		
四六	真珠夫人	菊池寛	文春文庫		
五十	三四郎	夏目漱石	新潮文庫	角川文庫	集英社文庫
五四	金色夜叉	尾崎紅葉	新潮文庫	岩波文庫	
五八	不如帰	徳冨蘆花	岩波文庫		
六二	蒲団	田山花袋	新潮文庫＊	岩波文庫＊	
六六	坊っちゃん	夏目漱石	新潮文庫	文春文庫＊	小学館文庫
七二	高野聖	泉鏡花	集英社文庫	新潮文庫＊	岩波文庫＊
七六	友情	武者小路実篤	新潮文庫	集英社文庫＊	
八十	沈黙	遠藤周作	新潮文庫		
八四	金閣寺	三島由紀夫	新潮文庫		
九十	現代日本の開化	夏目漱石	岩波文庫＊	教育出版＊	
九四	漫罵	北村透谷	岩波文庫＊		

頁	作品名	作者名	文庫名1	文庫名2	文庫名3
九八	破戒	島崎藤村	新潮文庫	岩波文庫	
一〇二	セメント樽の中の手紙	葉山嘉樹	角川文庫		
一〇六	黒い雨	井伏鱒二	新潮文庫		
一一〇	田園の憂鬱	佐藤春夫	新潮文庫		
一一四	阿房列車	内田百閒	新潮文庫＊	筑摩書房ちくま文庫＊	
一一八	吾輩は猫である	夏目漱石	新潮文庫	角川文庫	集英社文庫
一二二	武蔵野	国木田独歩	新潮文庫	岩波文庫	
一二六	陰翳礼讃	谷崎潤一郎	中公文庫	岩波文庫＊	
一三〇	蜜柑	芥川龍之介	角川文庫＊	筑摩書房ちくま文庫＊	
一三四	富嶽百景	太宰治	岩波文庫＊	PHP文庫＊	
一三八	伊豆の踊子	川端康成	角川文庫	新潮文庫	岩波文庫＊
一四四	夢十夜	夏目漱石	新潮文庫＊	集英社文庫＊	岩波文庫＊
一四八	山椒魚	井伏鱒二	新潮文庫	岩波文庫＊	小学館文庫＊
一五二	山月記	中島敦	新潮文庫＊	岩波文庫＊	角川文庫
一五六	蝿	横光利一	岩波文庫＊		
一六〇	藪の中	芥川龍之介	講談社文庫	岩波文庫＊	角川文庫＊
一六四	押絵と旅する男	江戸川乱歩	光文社文庫＊	岩波文庫＊	
一六八	檸檬	梶井基次郎	新潮文庫	角川文庫	
一七二	桜の森の満開の下	坂口安吾	講談社文芸文庫	岩波文庫＊	
一七八	銀河鉄道の夜	宮沢賢治	角川文庫＊	新潮文庫＊	
一八二	風立ちぬ	堀辰雄	集英社文庫	新潮文庫＊	小学館文庫＊
一八六	無常といふ事	小林秀雄	新潮文庫＊		
一八八	高瀬舟	森鷗外	集英社文庫	新潮文庫＊	岩波文庫＊
一九四	人間失格	太宰治	新潮文庫	集英社文庫	岩波文庫＊

作者・作品インデックス

作者インデックス

【あ】
芥川龍之介（あくたがわりゅうのすけ）——130・160
有島武郎（ありしまたけお）——44
泉　鏡花（いずみきょうか）——72
井伏鱒二（いぶせますじ）——106・148
内田百閒（うちだひゃっけん）——114
江戸川乱歩（えどがわらんぽ）——164
遠藤周作（えんどうしゅうさく）——80
尾崎紅葉（おざきこうよう）——54

【か】
梶井基次郎（かじいもとじろう）——168
川端康成（かわばたやすなり）——138
菊池　寛（きくちかん）——46
北村透谷（きたむらとうこく）——94
国木田独歩（くにきだどっぽ）——122
小林秀雄（こばやしひでお）——186

【さ】
坂口安吾（さかぐちあんご）——172
佐藤春夫（さとうはるお）——110
島崎藤村（しまざきとうそん）——98

【た】
太宰　治（だざいおさむ）——134・194
谷崎潤一郎（たにざきじゅんいちろう）——40・126
田山花袋（たやまかたい）——62
徳冨蘆花（とくとみろか）——58

【な】
中島　敦（なかじまあつし）——152
夏目漱石（なつめそうせき）——14・50・66・90・118・144

【は】
葉山嘉樹（はやまよしき）——102
樋口一葉（ひぐちいちよう）——36
二葉亭四迷（ふたばていしめい）——32
堀　辰雄（ほりたつお）——182

【ま】
三島由紀夫（みしまゆきお）——84
宮沢賢治（みやざわけんじ）——178
武者小路実篤（むしゃのこうじさねあつ）——76
森　鷗外（もりおうがい）——28・188

【や・ら・わ】
横光利一（よこみつりいち）——156

作品インデックス

【あ】
阿房列車（あほうれっしゃ）―― 114
或る女（あるおんな）―― 44
伊豆の踊子（いずのおどりこ）―― 138
陰翳礼讃（いんえいらいさん）―― 126
浮雲（うきぐも）―― 32
押絵と旅する男（おしえとたびするおとこ）―― 168

【か】
風立ちぬ（かぜたちぬ）―― 182
金閣寺（きんかくじ）―― 84
銀河鉄道の夜（ぎんがてつどうのよる）―― 178
黒い雨（くろいあめ）―― 106
現代日本の開化（げんだいにほんのかいか）―― 90
高野聖（こうやひじり）―― 72
こころ（こころ）―― 14
金色夜叉（こんじきやしゃ）―― 54

【さ】
桜の森の満開の下（さくらのもりのまんかいのした）―― 172
山月記（さんげつき）―― 152
山椒魚（さんしょううお）―― 148
三四郎（さんしろう）―― 50
刺青（しせい）―― 40
真珠夫人（しんじゅふじん）―― 46
セメント樽の中の手紙（せめんとだるのなかのてがみ）―― 102

【た】
高瀬舟（たかせぶね）―― 188
たけくらべ（たけくらべ）―― 36
沈黙（ちんもく）―― 80
田園の憂鬱（でんえんのゆううつ）―― 110

【な】
人間失格（にんげんしっかく）―― 194

【は】
蠅（はえ）―― 156
破戒（はかい）―― 98
富嶽百景（ふがくひゃっけい）―― 134
蒲団（ふとん）―― 62
坊っちゃん（ぼっちゃん）―― 66
不如帰（ほととぎす）―― 58

【ま】
舞姫（まいひめ）―― 28
漫罵（まんば）―― 94
蜜柑（みかん）―― 130
武蔵野（むさしの）―― 122
無常といふ事（むじょうということ）―― 186

【や】
藪の中（やぶのなか）―― 160
友情（ゆうじょう）―― 76
夢十夜（ゆめじゅうや）―― 144

【ら】
檸檬（れもん）―― 168

【わ】
吾輩は猫である（わがはいはねこである）―― 118

■柄谷行人『日本精神分析』（講談社）
■柄谷行人『増補 漱石論集成』（平凡社ライブラリー）
■江藤淳『増補 漱石とその時代』（新潮社）
■川島幸希『英語教師　夏目漱石』（新潮社）
■解説・石原千秋『社会と自分　漱石自選講演集』（筑摩書房）
■『直筆で読む「坊っちゃん」』（集英社）
■小森陽一『〈ゆらぎ〉の日本文学』（日本放送出版協会）
■関川夏央『二葉亭四迷の明治四十一年』（文藝春秋）
■坪内祐三『慶応三年生まれ七人の旋毛曲り』（新潮社）
■関口安義『よみがえる芥川龍之介』（日本放送出版協会）
■津島美知子『回想の太宰治』（講談社）
■小谷野敦『ムコシュウト問題 現代の結婚論』（弘文堂）
■鎌田浩毅『マグマという名の煩悩』（春秋社）
■山崎光夫『明治二十一年六月三日　鷗外「ベルリン写真」の謎を解く』（講談社）
■今福龍太『レヴィ＝ストロース　夜と音楽』（みすず書房）
■谷川恵一『言葉のゆくえ 明治二〇年代の文学』（平凡社）
■『追悼の文学史』（講談社）

他

参考文献

■『新修国語総覧』（京都書房）

■『世界大百科事典』（平凡社）

■『朝日日本歴史人物事典』（朝日新聞社）

■『新潮日本文学小辞典』（新潮社）

■『最新国語便覧』（浜島書店）

■『日本近代文学大事典』（講談社）

■『日本現代小説大事典』（明治書院）

■『ポケット日本名作事典』（平凡社）

■小川義男『あらすじで読む 日本の名著』（中経出版）

■小川義男『あらすじで読む 日本の名著2』（中経出版）

■小川義男『あらすじで読む 日本の名著3』（中経出版）

■一校舎国語研究会『日本・名著のあらすじ 精選40冊』（永岡書店）

■「日本の名作」委員会『知らないと恥ずかしい 日本の名作あらすじ200本』（宝島社）

■薄田泣菫、戸川秋骨、幸田露伴ほか『一葉のポルトレ』（みすず書房）

■出久根達郎『七つの顔の漱石』（晶文社）

■森まゆみ『千駄木の漱石』（筑摩書房）

■柄谷行人『日本近代文学の起源』（講談社）

おわりに

『こころ』をはじめとする近代文学の多くは、「葛藤」を抱える個人が生き方を模索し、その個人が「何をするか」に重きがおかれています。近代は葛藤の「種」が広くあまねく与えられる時代。個人が職業や恋愛、家族のありかたを選び、その根底に「生き方」を築かねばならなくなったからです。葛藤は小さなことから大きなレベルまでいろいろです。他人から見てたいしたことじゃないというのは判断基準になりません。それが幾日も、ときには何年も続くのですから、その人自身を形づくる。近代の文学者たちはその葛藤に鋭敏に反応して、自らその渦中に身をおきました。

社会も人の生き方も様変わりしている今、進歩・発展はさらに加速し、その弊害も明らかになっていますが、個人はどうなっていくのでしょうか。インターネットに代表される新たな共同体とのつき合いに活路を見いだすとともに、予想もつかなかった問題に活力を奪われています。思春期や青春期に「葛藤」を見いだしにくくなっているようにも感じます。こういう時代にあって、成果本位、結果ありきの呼び声に応えようとするときの個人は実に弱いものなのです。勝ったかに見える少数もふるい落とされた大勢も、どちらの側もあまり幸せではない。分けられる時点ですでに傷ついているのですよ。

今こそ不条理や理不尽なことに対して、見ないふりをせず、また過剰に反応するのでもなく、大切に向き合ってほしいのです。葛藤と回復の繰り返しが人生であり、仮にそのときそのときの乗り越え方が不器用だったり、失敗して後悔が残ったりしても、それが生きていく土台を養うのだと。

世界に立ち向かっていくときに、あるいは人生の地滑り的事態に遭遇したときに、文学のねばり強さや物事を見るまなざしはとても有効なのです。

そんな近代文学を手に取ってみようということでこの本の企画は始まりました。編集を担当する方々との近代文学をめぐる旅がこうしてかたちになったことに心から感謝致します。よく知っているはずの作品から意外な視点が出てきたり、掘り出し物の作品があったり。興味は尽きません。再び文学の旅に出たくなりそうです。

あんの秀子

著　者　あんの秀子

早稲田大学第一文学部卒業。広告会社・出版社を経て、ライター、編集者に。また、中学・高校の国語科教員としてつとめるかたわら、日本文学・日本語などをテーマに執筆。著書に『人に話したくなる百人一首』（ポプラ社）、『百人一首の 100 人がわかる本』（芸文社）、『マンガでわかる百人一首』（池田書店）、『ちはやと覚える百人一首「ちはやふる」公式和歌ガイドブック』（講談社）などがある。

マンガ　フリーハンド

TVドラマ化もされた『夜王』『女帝』『嬢王』などの人気コミックを手掛ける原作家・倉科遼をはじめ、多数のクリエイターと共に歩む、漫画企画に特化した広告代理店／編集プロダクション。

【マンガ】桓田楠未（こころ／浮雲／破戒／伊豆の踊子／蜜柑／桜の森の満開の下／風立ちぬ）、糖子（刺青／坊っちゃん）、唯月（金色夜叉／坊っちゃん／山月記）、ひよこ豆ひよごん（沈黙／現代日本の開化／漫罵／黒い雨）、Uuumi（たけくらべ／富嶽百景／山椒魚／銀河鉄道の夜）、竹姫（真珠夫人／高野聖／友情／田園の憂鬱／押絵と旅する男／檸檬）、鯖玉弓（舞姫／夢十夜／藪の中／高瀬舟／人間失格）、雪人（不如帰／蒲団／セメント樽の中の手紙／吾輩は猫である）、尤超龍（武蔵野）、やもり（陰翳礼讃）
【作家イラスト】三枝言成、臭太郎

STAFF
本文デザイン　小林麻実（TYPE FACE）
DTP　齋藤桃子、金井冬樹（スタジオダンク）
マンガシナリオ　岸智志
編集協力　老沼友美、上原千穂（フィグインク）
執筆協力　田辺准
マンガ協力　佐藤克利（フリーハンド）

マンガでわかる日本文学

●協定により検印省略
著　者　あんの秀子
マンガ　フリーハンド
発行者　池田士文
印刷所　大日本印刷株式会社
製本所　大日本印刷株式会社
発行所　株式会社池田書店
〒162-0851　東京都新宿区弁天町43番地
電話03-3267-6821（代）
振替00120-9-60072

落丁、乱丁はお取り替えします。

ISBN978-4-262-15416-9

22021502